いい部屋あります。

長野まゆみ

角川文庫
20584

目次

プロローグ

子どものころ、彼はほんものの海を見たことがなかった。

早春のある朝、はやく起きだして駅へ向かった。海を見にゆくつもりだった。電車にずっと乗りつづけていれば、いつかはたどりつくにちがいない。幼い彼はそう信じていた。

当時は彼の家の近くを、ローカル鉄道が走っていた。駅は無人で、車内で車掌から切符を買う。幼かった彼が、そうしたことを承知していたわけではない。だが、両親が起きだすまえに家をぬけだす知恵だけはあった。

ひつじのアップリケがついたポシェットを肩がけにして出かけた。彼はひつじ年生まれである。お守りがわりになると祖母にうながされ、いつもそのポシェットを持ちあるくのだった。お金がすこしと、ハンカチ、ティッシュ、鉛筆が一本、それに名前と住所を書いた紙がはいっていた。

駅までの道のりは、おとなには近くとも、子どもの足で歩くには果てしなく遠い。夜は明けたばかりでうす暗かった。家々はまだ寝静まり、庭さきに人の気配もない。朝もやのかなたで鶏《とり》の鳴く声がするばかりだ。

東の空にうす青い波のような雲がひろがり、太陽の姿はぼんやりとしか見えない。さらに高い空には、半分だけ暁にそまった雲が浮かんでいた。

彼の住む土地は、山に囲まれている。平地の雪はとうに消えていたが、山のいただきは、まだすこし白かった。暁の空が、かがやきを強め、雲のなかに黄金の波があらわれた。幼い彼はそこが目ざすべき海なのだと思った。山を越えればすぐに海原がひろがっていると信じていた。

彼には道づれがあった。気づいたときは、その人物の背中につかまって自転車に乗っていた。だれなのかは知らず、顔もおぼえていない。しっかり、つかまっていろ、と云われ、素直にしたがった。

父とはべつの男だった。それだけは、はっきりしていた。あやしみもしなかった。どこかしらに、小さな子どもを惹きつける笛吹き男の要素があったのだ。

男はなぜか、海を見たいという彼の希望も知っていた。満足した彼は男といっしょに海まで旅をしようときめた。

自転車でたどりついたのは、ローカル鉄道の駅よりはるかに遠い、本線の駅だった。

彼と男は、まもなく電車に乗りこんだ。窓の外には、うすべに色の花を咲かせる杏の木が見えた。いったん若葉の森になっても、またすぐ杏のうわった畑になる。遠くのほうまで、花ざかりの杏の畑がもやをなして、みどりの毛布のうえへ綿の帽子を重ねたような景色がつづいた。

途中で急行列車に乗りかえ、ついた先でまたべつの列車に乗った。なんどか乗りかえをくりかえし、ようやくある駅でおりた。海はまだ見えなかった。

つれの男は、昼ごはんをたべようといって、食堂にはいった。四角いテーブルの向かいあわせの席についた。彼は卵のごはんをのぞんで、男はオムライスひとつを注文した。彼は小皿にとりわけてもらったのを食べながら、男の手もとに目をこらした。まだ、男の顔は見ていなかった。

男は、にぎったこぶしのなかにコインをかくしている。甲をうえにして、指をひらく。だが、コインは落ちてこない。そのまま、手のひらを返した。コインはなかった。もう一方の手もおなじだった。男は彼に、袖をふるってごらん、と云う。彼は云われたとおりにした。すると、チャリン、と音がして、彼の袖ぐちからコインがこぼれ落ちた。

男はそのコインをひろい、両方の手のひらにはさんで、こすりあわせた。それから、手のひらをうえに向けて、ぱっとひらいた。たちまちそこに、真っ白な花びらを幾重にも重ねた花があらわれた。春さきにつもる、うっすらとした雪のような、あわあわとした白さだ。つもったばかりの真新しい雪を、手袋をした手でそっとすくいあげる。すると、透かしのはいった、ふんわりとした玉になる。ちょうど、そんな具合の花だった。

男はそれを、ふたたび両手でくしゃくしゃ、とまるめた。こんどは、白いハンカチになった。左右の指でつまんでふりさばき、しわを伸ばした。向こうがわが透けてみえるくらいの、うすい生地でできている。ガーゼのようだ。男はそれを小さくたたんで自分の胸ポケットへおさめたが、気をかえて、彼が首からつるしていたポシェットのなかへいれた。おみやげだ。持っておかえり。

彼はすぐにもハンカチにさわってみたくて、ひっぱりだそうとした。すると、男はそれを制した。そっとしておけ。また花を咲かせたいだろう？　だったら、しばらく寝かせておかなきゃだめだ。彼は男の云うままに、うなずいた。

食堂をでて、いよいよ海へゆくことにする。つれの男は、照りかえしの日をあびて白く光る道のひとつをさした。ここを、まっすぐゆけば海がある。彼は男につれられ、日ざしに向かって歩きだした。春の日足はみじかく、もう西へかたむいていた。まぶしくて、ほとんど目をあけていられなかった。

ほら、ついたぞ、と云われたとき、彼が見たのは黒い海だった。なんどまばたきしても、彼には黒い海しか見えなかった。期待がはずれたのと、きゅうに不安になったのとで、彼は泣いた。涙をふこうとして、ハンカチをさがした。ポシェットのなかに、さきほど男が押しこんだハンカチがあった。なぜか、それにも黒いもやが浮かんでいる。わけがわからず、彼はさらに泣いた。どうした？　それをつかえ、と男が云った。彼は首を横にふった。彼は自分のハンカチをさがしたがみつからない。

男は指さきで彼のほほをぬぐってくれた。思いのほか、あたたかい指で、その感触があらたな涙をあふれさせた。なぜ泣くのか、自分でもわからなかった。ただ、泣いているあいだは心地がよかった。男はそのうち、べつのハンカチをとりだして彼の顔をぬぐい、またどこかへしまった。

そのあと、男とどこを歩いたのか、彼は思いだせない。あたりは、もう暗くなっていた。うっすらと海の匂いがした。ざざん、ざざん、と波の音がひびく。からだをゆさぶられるような気がした。だが、海は見えなかった。

彼はだんだん歩くのがつらくなり、男におくれた。すると、ふいに、ふわり、とからだが浮かんだ。男に抱きあげられたのだ。もう、ちょっとだけ起きていろ。逢わせたい人がいるんだ。男が云う。彼はうなずいたが、まぶたをあけていられなかった。

男の歩く調子がからだに伝わってくる。彼にはそれが気持ちよく、いつまでも眠っていたい気がした。

どのくらいたったのか、彼は話し声を耳にして目をさました。いつのまにか布団に寝かされていた。その部屋は暗かったが、ふすまで隔てたとなりのあかりが、細い筋になってのびてくる。どこだかわからなかった。すこし年長の見知らぬ男の子が、枕辺で彼をのぞきこんでいる。笑みを浮かべた。起きたね。おなかすいてない？

彼は困惑した。男につれられて海のちかくを歩いていたはずが、目をさましたのは、知らない家だった。あかるい部屋にはひじかけつきのソファがふたつおかれていた。それだけでいっぱいになってしまうくらい、こぢんまりした部屋だったが、彼はそこがとても気にいった。あたたかくて、やさしい色あいにあふれていた。

ソファのひとつには、先ほど枕辺にいた年長の男の子と、見たことのない女の人が、ほほ笑みながらよりそい、すこし窮屈そうにすわっていた。もうひとつに、彼がひとりですわっている。ひじかけと、背のところに、ふさ飾りのついた毛糸編みのカバーがかけてあった。色あいはチェリーレッドからピンクに変わるグラデーションで、座の部分は焦げ茶色だった。それが、いちごとチョコレートのムースといった風で、彼はむろん、その呼び名を知っていたわけではないが、連想したのはそういうものだった。

ふさ飾りの先端に、毛糸で編んだ小さな珠がついている。桜の実のようだった。彼はそれをひとつずつ、つまんでみた。

ふふふ、と女の人が笑った。それ、ナッちゃんが小さいときとおんなじクセ。せっかく苦心してひとつずつ玉編みにしてあるのに、ぜんぶつぶしちゃうの。

彼はあわてて手をひっこめた。ごめんね、好きにしていいのよ。アイロンの蒸気をあてれば、もとへもどるんだから気にしないで。――やさしくほがらかな声だ。ごはんの時間だけど、さきにデザートにしようかな。女の人はソファから立ちあがり、ハルちゃんはアプリコットのタルトとパイとどっちが好き？　ときいた。

女の人はなぜか、彼の呼び名を知っていた。彼は、はにかみながら、タルトとこたえた。実のところ、アプリコットがなにかもわからず、タルトとパイの区別もつかなかった。

毛糸の小さなポンポンをつらねたのれんをゆらして、女の人は台所へいった。するとそこに、彼のつれだった男がいた。台所の横に玄関があり、いましもそこを出ようとしている。

坊主、この人のつくるアプリコットタルトは、どこのよりもおいしいんだ。いっぱいごちそうになってゆけ。

そう云って、男は外へ出ていった。彼は置きざりにされたのだとは思わなかったが、すこし不安になった。すると女の人が、心配しなくていいのよ、と彼をはげました。それでまた、落ちついてソファにすわりなおした。

ナッちゃん、お皿とフォークをおねがいね、それとレースペーパーも。

男の子はソファからすべりおりて、手つだいにゆく。レースペーパーをしいたケーキ皿とフォークを手にしてもどり、茶の間の小さなコーヒーテーブルにならべた。アプリコットのタルトは、彼にもなじみのある甘酸っぱい杏とおなじ味だった。杏のことを、アプリコットとも呼ぶのだ。幼い彼は、それを知らなかった。アプリコットを口にして、彼はにわかに家から遠くはなれていることを思いだした。でも、焼き菓子のおいしさにつられて、一時《いっとき》そのことをわすれた。彼はもともと干し杏や杏ジャムを好きだったのだが、アプリコットタルトも好きになった。

彼の家の庭や近所のいたるところに、杏の木がある。その朝も電車の窓から、うすべに色の花が咲く景色をながめながら旅をはじめたのだ。アプリコットタルトをたいらげてしまうと、彼は家が恋しくなった。ふたたび眠くなったせいもあって、知らない人と知らない家にいることが心細くなった。涙がこぼれた。男の子がハンカチをかしてくれた。ひるま、男にもらったハンカチとおなじくらい、うすくてやわらかい。彼は、泣いたことがほんのすこしだけはずかしくなり、涙をぬぐってハンカチを返した。

これも、おまじないをすると花になる？　彼は男の子にたずねた。これはね、小さなひつじになるよ。ひつじは好き？　彼はそうきかれてうなずき、ポシェットのアップリケをみせた。

男の子は、すこしすました顔つきになり、ハンカチを手のなかでまるめた。それから、彼のまえでぱっと指をひろげた。ハンカチが消えて、白くてまるいポンポンがあらわれた。もやもやした毛糸のなかに小さなひつじの顔がかくれている。目と鼻と口もついていた。

ほらね、と男の子はにっこりして、そのひつじをふたたび手のひらでつつみこんだ。こんどは、花だよ。そのときすでに、男の子の手のひらには、ふわふわとした花がのっていた。

女の人が台所で拍手をする。彼もつられて手をたたいた。男の子は立ちあがって、うやうやしく礼をした。さらにいくつか手品を披露してくれたが、どうやら彼はとちゅうで眠りこんでしまったようだ。

朝になって目をさましたとき、彼はもとどおり自分の家の布団のなかにいた。直前まで夢をみていた。杏の花が咲き、その向こうにひろがる青々と草のしげった牧場を、たくさんのひつじが歩いている。草地のはじから、空へはみだしてゆくひつじがいる。そのうち、ぽかぽかと空へ浮かび、空いっぱいにならんだ。

のちになって、彼は男にもらったハンカチのことを思いだしてさがしてみた。ポシェットはみつかったが、ハンカチはそこにはなかった。だから、彼はあれが長い夢だったのか、ちょっとした冒険だったのか、今もわからずにいる。

部屋さがし

鳥貝一弥《とりがいいたかはる》が東京についたのは、大学の合格発表があったのちの三月上旬だった。よく晴れて頭がぼうっとするほど気温がたかく、街路樹の桜は今にもほころびそうになっている。もう、すっかり春なのだ。

やはり薄手のコートを着てくるべきだったと、彼はしきりに後悔した。郷里ではまだ寒く、高校の卒業式は雪だった。東京でも朝晩は冷えこむと聞き、迷ったすえにダッフルコートを着こんで家をでたのだが、街路は春たけなわで、彼の用心深さをあざ笑うかのような日ざしがふりそそいでいる。

三月二十一日生まれの彼は、高校を卒業した今もまだ十七歳だった。だが、身のほどを知るていどにはおとなのつもりでいたし（でしゃばらず、かといって卑屈にならず）、一人前にあつかわれたいと思っていた。だから、いっしょにゆくと云いだしかねない母をどうにかふりきって、部屋さがしのために、ひとりで東京へ出てきたのだ。

高校を卒業するまで、生まれ育った土地をはなれずに両親と暮らしていた彼にとって、進学は独立の最初の機会となる。だから、それなりに期待をかけていたし、意気ごんでもいた。東京での住まいも、親にたよらずひとりできめるつもりだった。人とのかかわりで、さほど苦労をしたおぼえのない彼は、大学やアパートではじまるあたらしいつきあいに、不安を抱くこともなかった。これまでどおりでなんとかなる、と気楽にかまえていた。

なにより、希望にかなった進路を歩みはじめたことで満足していた。それは、年長者からみれば、なにもはじまっていないにひとしい。彼にも理屈としてはわかっていたが、気分が浮かれている身で実感するのはむりだった。

合格してすぐ、鳥貝は大学の寮に申しこみをしたが抽選ではずれた。かわりに、学生課の窓口で民間の物件を紹介してくれるというものの、春休み中のことで、窓口がひらく時間はかぎられている。

彼は受付時間まで待ちきれず、大学構内の見学もそこそこに、さっそく街なかへ出た。自分で部屋をさがすつもりだった。気がはやっていたのである。

自宅から通学できる県内の大学には、彼の希望する学科がなかった。東京の大学へ進学するときめたとき、両親には「最低限の仕送りはするが、快適さをもとめるなら自力で」と云いわたされた。むろん、彼もぜいたくをするつもりはなかった。

木造でも、せまくてもかまわない。風呂さえあれば、というのが彼の望みだった。ところが、それすら予算的にはぜいたくだと悟るのに、仲介業者を二軒もまわればじゅうぶんだった。鳥貝は東京の事情を、あまく見すぎていた。

風呂なしで駅から徒歩十五分の木造アパートでも、都心に限定するかぎりは、彼がさだめていた予算をはるかにこえる家賃だった。大学が郊外ではなく都心にあるのも、わざわいした。築三十年以上の老朽化したアパートならば、低家賃の部屋もある（正確には、あった）。そういう物件はことごとく、契約済みとなっていた。

今さら云ってもしかたのないことだが、彼のように入学手つづきをすませてから部屋さがしをはじめるのでは、おそすぎたのだ。

上京して、はやくも十日あまりがすぎた。鳥貝はいまだに部屋をきめられずにいる。県庁の土木部門ではたらいている父の影響（専門は測量だが）で、図面を見なれているうえに、建物の構造や立地の条件などの知識が中途はんぱにあるのも、決断を鈍らせる要因になった。

素泊まりの旅館を拠点として部屋さがしをはじめたが、日に日に資金は乏しくなり、この二日ほどは節約のために同郷の先輩の部屋に泊めてもらった。都心から遠くて暗いアパートである。

連日の部屋さがしで、鳥貝にもきびしさは身にしみた。それでもなお、決心がつかない。袖の短かすぎる上着と、ボタンのとまらない上着しかないようなもので、どちらを選ぶのも気がすすまなかった。逆に、そのたぐいの部屋ならまだのこっているから、あわててきめる必要もない。

都心という条件だけはゆずれなかった。建築を学ぼうとする彼にとって、都心にある現代建築は、どれも見のがせない。それらを見学してまわるのに、いちいち時間と交通費がかかるのは、なんとしても避けたかった。

山の手線の内側とは云わないまでも、都区内と呼ばれる範囲に住めば、徒歩圏にいくらでも見学すべき建築物があることを、彼はあらかじめ資料と地図でたしかめてあった。

山の手線にかこまれた範囲は、鳥貝の郷里のスケールではごく狭い地域でしかない。彼は地図をながめていておどろいたのだが、この地区を横断して（たとえば東京駅から新宿駅まで）歩いたとしても、彼の実家から本線の駅へゆくのとほとんど変わらないのだ。

その日、午前中にいくつかの部屋を見てまわった鳥貝は、ふたつの物件を保留にした。入学式が目前にせまっている。もはやそのいずれかで手をうつほかはないのに、決断を半日さきへのばした。現実を直視すべきだと頭では理解できても、歩けばまだ、いくらかましな部屋がみつかるような気がする。あるいは、急にキャンセルがでるかもしれないと、期待してしまうのだった。

ふたつの物件のうち、ひとつは山の手線の駅のもよりにあった。風呂なしどころか洗面所とトイレも共同の、日あたりはゼロで風通しも悪い、壁のすみにカビが巣くうよどんだ部屋だった。窓のすぐまえを崖の法面《のりめん》がふさぐ、一日じゅう日のあたらない北向きの木造アパートの一階である。

崖のうえは駐車場だった。過去に、駐車中の無人の車が落ちてくる事故が、一度あったという。さいわい、そのときはアパートの住人にケガはなかったが、テレビがつぶれた。

もうひとつは、区部とはいっても隣県との境にあって都心からはかなり遠く、大学まで乗りかえ三回を必要とする物件だ。木造モルタルづくりの、見た目はまあまあきれいだが、壁がうすくて隣人の電話の話し声がまる聞こえの安普請のアパートである。二階の足音もひびく。日あたりがよい、と大家がさしたのは西向きの窓だった。三月なかばの午前中であれば、あかるくてけっこうだと思いがちだが、夏場は確実に灼《しゃく》熱《ねつ》地獄と化すはずだ。

そんな暑さのなかで、鳥貝には緻密な図面を構成する自信がなかった。むろん、節約のために空調なしですませるつもりだ。西日が照りつけるなら、洗濯物は乾くだろう。しかし、ここもまた駐車場のとなりである。車高のひくい車がすぐそこにとまっている。日に焼けた畳を踏みながら、鳥貝はいったん考えたうえ、夕方までにはご連絡します、と云って、つぎの物件にむかった。

正午まえ、彼は沈んだ気持ちで大学の構内へもどった。学生課も何度か訪ねてはみたが、紹介してくれるアパートの家賃や条件は民間業者とさほど変わらない。

鳥貝は、ためいきをついて学食へ向かった。きょうの部屋さがしも、かんばしくない。構内は、学生よりも近隣の住民や社会人らしい人たちが目につく。各種のセミナーや公開講座がおこなわれていて、受講をする地域住民や社会人がいるのだ。彼らのために、学食も開放されている。春休み中につき、メニューは限定されるものの、外食するよりはるかに安あがりだった。

鳥貝は午后もひきつづき、部屋さがしをするつもりでいる。それでも収穫がなければ、菌類と同居か灼熱地獄かの選択をせざるをえない。

今晩は終夜営業の店で夜明かしするつもりだ。もはや、たよるべき先がない。ひとりでもせまい先輩のアパートで、さすがに三晩もやっかいになるのは気がひけた。いっぽうで所持金も底をつきかけている。両親には、確実なところをひとつ確保してあるが、まだほかもあたっているのだと、うその報告をした。そうしておかないと、母はあすにも上京すると云いだすにきまっている。

節約のため、鳥貝は素うどんと大根の煮つけだけをトレイにのせ、学食のテーブルについた。もう三日もおなじメニューで昼食をすませていた。この時期は学生がすくないので、四人がけの丸テーブルをひとりで占有できる。ためこんだ物件情報のコピーをそこへならべた。

添えられた図面は、いちじるしく正確さを欠いている。それは、日あたりや騒音にかかわる、物件としての欠点をはぐらかすためのものなのだ。もとより平面図では、窓の幅の予測がつくだけで、位置や高さはわからない。ただ、隠蔽の手口には共通言語があり、数多くながめるうちに、なにを隠したいのかを読み解けるようになる。

鳥貝は、切実な部屋さがしのいっぽうで、そうした解読も楽しんでいた。父からは、ガスと上下水道の項目は注意深く読むよう助言を受けた。都心だからといって、完備しているとはかぎらない。この都会にあって、インフラ設備の立ちおくれた部屋を鳥貝はいくつも目にした。

だが、郊外にあり、大学からあまりにも遠いので、あきらめた部屋のなかには、よい物件もあった。そのうちのどれかを選べたなら、彼が当初考えていた「つつましく有意義な学生生活」をすごせそうだった。だから、彼は記念というより、未練がましく、却下した物件コピーを捨てずに持ちあるいて、ながめているのだ。

「ここ、いいかな？」

いつのまにか、見知らぬ男子学生がテーブルの横に立っていた。休み中で学生の数はまばらであり、ほかにいくらでも空席はある。鳥貝はうたがわしげに、学生をながめた。

その学生は一見して地味な黒ぶちのメガネをかけていた、だが、よく見ると黒地に黒のマーブルをあしらったおしゃれなメガネなのだ。ちょうど、黒ヒョウに、ほんとうはヒョウ紋があるように。

髪は染めていない。服装はシンプルでまともだった。つまり、鳥貝の郷里の駅前広場で明るいうちから意味もなくしゃがんでいる連中が着ているような、長すぎるか短かすぎるかして身の丈に合っていない服とはまるでちがう。

黒のVネックセーターにストーンウォッシュのデニムである。その胸もとから、遠目にはグレートーンの、よく目を凝らすと細かいもようがプリントされたシャツの衿がのぞいている。その色調は、たがいに隣りあう色とハレーションを起こし、点滅をするかのように見える。とりわけターコイズブルーがあざやかに、またたいた。

見知らぬ男にいきなり話しかけられた鳥貝のとまどいを察したらしく、男子学生はことさらに表情をやわらげた。

「……あやしむのも無理はないか。見たところ、部屋さがし中のようだから、耳よりの話をきかせようと思って声をかけたんだ。新入生だろう？」

年長者らしい気さくさで話しかけてくる。うなずきながら、鳥貝は自分の子どもじみた服装が、急に気になりだした。大量生産されたのがあきらかなボタンダウンのシャツに、色もかたちもぼやけたセーターを着ていた。

男子学生は椅子にすわり、トレイにのせたグリーンサラダを食べはじめた。ドレッシングはかけていない。胡椒をすこしふる。鳥貝がならべた物件のコピーを目で追った。

「そのなかのどれかに、もうきめたのか？」

「まだです。これはみんな間どりと予算はよくても、通学には遠いところばかりで。……もっとはやく部屋さがしをはじめるべきでした。でも、合格発表よりさきに部屋さがしはできなくて」

「だったら、推薦ではなく、一般入試で合格したんだな。現役？」

と問われて、鳥貝はもう一度うなずいた。

「優秀じゃないか。それなら、授業でつまずく心配もない。さしあたっての悩みは、住まいってわけだ。もしまだきまっていないなら、学友クラブへ行ってみるといい。学生が自主運営しているところだけど、部屋さがしのサポートもするんだ。学生課や民間の業者をまわるよりは、ましな部屋があるよ」

在学生と卒業生の有志が、同窓生の寄付などを資金源にして運営しているのが学友クラブだ。そこでは、学生課とはべつのルートで情報をあつめ、在学生のために、アパートや下宿の紹介をしているという。春休み中もだれかしらがいて、各種トラブルの解決法や生活面のアドバイスもする。たんなる閑つぶしの話し相手にもなってくれる。

とにかく顔をだしておいて損はない、と学生が熱心にすすめるので、鳥貝はとまどいつつも、いってみることにした。学生に礼を云い、ひとあし先に食堂をでた。

鳥貝は人づきあいが苦手なわけではなかったものの、すぐにうちとけるほど、人懐こいほうでもなかった。初対面の人物にたいしては、ひとりっ子ゆえの用心深さがあった。兄弟とのかけひきで鍛えられている連中とくらべ、表情や声の調子で相手を判断する術に劣るという自覚もある。

大学の門までできたところで、今の学生に名前も学部もたずねなかったのを思いだし、鳥貝は食堂へひきかえした。だが、そこにはもう先ほどの学生の姿はなかった。

学友クラブは、正門と通りをはさんで向かいあわせに建つ同窓会館のなかにある。鳥貝は案内板で位置をたしかめ、階段をのぼって二階の一室をたずねた。東南の角だった。扉はあけはなしてあり、廊下からなかのようすをうかがうことができた。室内はあかるく、窓ごしの光が目にまぶしい。その光に誘われて、鳥貝は室内にはいった。

窓のそとでは、コブシの花らしきものが満開だった。うっすらとピンクがかった花を咲かせる品種で、春の日ざしに照りはえ、窓辺だけでなく室内全体をあかるくしている。花の影が床に落ちて、風がふくたびに、鳥のようにはばたいた。

「ようこそ。きょうは、気持ちのいい陽気だな。日なたで昼寝がしたくなる」

とつぜん、親しげな調子の声がかかった。それではじめて、鳥貝は窓辺の一角に事務机があると気づいた。学生風の男がいる。年長者にはちがいないが、ひとつふたつの歳の差なのか、それ以上なのかは、鳥貝にはわからなかった。話しぶりも、たたずまいも、自分よりはるかにおとなびていると、そう思った。

男はコブシの花を背にした窓辺に、すっかりとけこんでいる。そのはずで、花とまぎらわしいパウダーピンクのセーターを着ているのだ。

肌の色があかるい。キャラメルブラウンの、少しくせのある髪を肩までのばしている。日に透けて蜜いろにひかる髪もまじる。染めているというより、生まれつきというくらい本人の雰囲気となじんでいる。

きれいな顔だちの男だった。パウダーピンクのセーターも、ふちのないメガネも、男の値打ちをそこねていない。すこしだけ待ってくれ、と断って、パソコンのキイボードをたたく。指の動きは軽やかだ。やがて作業に区切りをつけ、手ぶりをそえて鳥貝をソファへうながした。

「お待たせ。そこらへんで、好きにくつろいでくれ。なにか、飲む？　酒とタバコはないけど」

酒もいらないし、タバコも喫わないと口にしたあとで、鳥貝は男が冗談を云ったのだと気がついた。悪意はないまでも、いかにも子どもじみた鳥貝を、からかったにきまっている。まともにこたえるとは、まぬけだった。

男はすでに窓辺の湯わかし台のまえにいて、こちらに背をむけている。だから鳥貝には、男が笑っているかどうかはわからなかった。顔もよかったが、うしろ姿も見ばえがいい。ピンクのセーターを着ているといっても、女々しさはすこしもなかった。

部屋さがしの相談にきたことをつたえると、男は簡易ドリップ式のコーヒーをいれながら、掲示板にいくつかの物件情報が貼ってあると云い、肩ごしに廊下がわの壁をさした。

そのことばにしたがって、鳥貝は掲示板にちかづいた。〈New〉と蛍光ペンで太書きした男子寮の入居者募集案内が、まっさきに目に飛びこんできた。

大学の運営ではなく、個人経営の学生寮だが、応募資格は本学男子学生にかぎる、と書いてあった。木々にかこまれた洋館の写真が貼ってある。鳥貝はまず、そのことにおどろいた。

三角破風つきの屋根窓があり、煙ぬきの塔らしきものも見えるロマンティックな外観で、彼が小さな子どもだったら、城だと思ったことだろう。二階家であるが、出窓のつくりや破風のあしらいが、童話の世界のそれだった。遠来の客人がもたらす洋菓子の箱にえがかれているような、家である。

しかし、いまや現実的にものごとを考える鳥貝にとっては、いくらか困惑をともなう建物だった。彼は過剰さとロマン主義とゴシック様式が苦手で、ローマ時代の古代遺跡にすこし惹かれはするものの、機能が明確で、だからこそフォルムもととのった現代建築のほうが有意義だと思っている青年だった。

募集広告の添え書きによれば、その男子寮は大学まで自転車通学できるS区の閑静な住宅地にあり、部屋数は五つ。それぞれ二〇㎡以上。風呂・洗面・トイレは各部屋に完備。台所、食堂、居間、玄関は共有。定員は十名。

居抜き（寝台、ライティングビューローつきキャビネット、クローゼットあり）。大型家具の持ち込み禁止。全館禁煙（周辺、庭をふくむ）。防音設備はないため楽器使用不可。ペット不可。ガレージあり（乗用車二台、現空）。単車は駐輪場を利用可。

女子の立ち入りは一階のみ（ただし宿泊は禁止）。とくに料理自慢を歓迎。寮長による面接あり。今回の募集は、若干名。部屋代は一万円（条件つき。詳細は面談）。

鳥貝は目をうたがった。この物件が一万円というのは、彼の郷里の相場とくらべてさえ破格の安さである。ゼロの数えまちがいではなかったかと、じっくり数字をみつめた。いくら数えなおしても、ゼロは四つである。漢数字でも、一万円と書いてある。安すぎる。そうなると、よほどの条件があると考えなければいけない。

　しかも男子寮である。部屋数の五にたいして定員が十名ならば、ふつうに割りふって二名で一室使用となる。若干名を募集というのは、卒業した学生のぶんだけ補充するのだろうと、鳥貝は勝手に解釈した。部屋のひろさにもよるが、未知の人間と同居するのは、それなりの覚悟がいる。

　兄弟のいない、ひとりっ子として育った彼にとってはなおさらだ。実家は、かつて代々の商家だった。繊維問屋としていくらかの財をなした曾祖父が、その全盛期の勢いでむだに大きな家を建てた。戦前の話である。それをそっくりひきついだ祖父は、どちらかといえば山師だった。家をつぶさないまでも、儲けたり損じたりをくりかえした。鳥貝の母はそのひとり娘で、ごく堅い人物を夫にえらんだ。

　家屋敷のほかにには、ほとんどなにも遺さずに祖父はこの世をさった。祖母も数年前に他界した。娘婿の父は、たんなる地方公務員にすぎない。今では親子三人で、旧くて大きな家をもてあましつつ暮らしている。鳥貝の父は、家屋の維持費をひねりだすのに毎年苦労しつつも、今のところなんとか家を守っているのだった。

　ひとりっ子ゆえに、座敷が三つと納戸がある二階のほとんどを、鳥貝は自由につかっていた。だが結局のところ、机とベッドはちかいほうが都合がよく、書棚も机から手のとどくところにあったほうが便利だ。そのほかの細々したものも、いつしか身のまわりに集まってくる。だから、よくつかうのはひと部屋だけだった。

兄弟とすら部屋を共有したことのない鳥貝には、日常的にほかのだれかと相部屋になるなど想像もできなかったし、それをつづける自信もなかった。しかも、料理が得意なわけでもない。

募集において、とくに料理自慢を歓迎する理由は不明だが、家主が同居していて、食事の世話をせよ、ということかもしれない。

とぼしい想像力で、鳥貝はそんなふうに考えた。このような洋館で暮らす家主は舌も肥えているだろうから、料理にかんしてはかなりの腕を求められるにちがいなく、自分はその器ではないとも思った。

鳥貝には現時点で、三つの料理とそれをアレンジしたいくつかのレパートリーがある。家庭でまともな手料理を食べることが、まっとうな暮らしだと考える彼の母は、いっぽうで倹約家でもあるので、外食や宅配の食事を好まない。そこで留守番のさい息子がひとりでも困らないよう、小学生の彼に手ほどきをしたのだ。ハンバーグとオムライスと野菜カレーだった。

だから、鳥貝もそれだけは、つくりなれている。自分なりに、味にも自信を持っていた。だが、おとなの舌に、どのていど通用するかはわからない。母は郷里を離れて暮らした経験がない。味つけもそれなりであり、鳥貝がうけついでいるのも土地の味だ。都会のひとの口には合わない気がする。

受付の電話が鳴る。ちょうどコーヒーをいれおわった男は、カップのひとつを鳥貝に手わたして、事務机へ急いだ。

「学友クラブ事務局です。……あ、さきほどはどうも。ええ、まだ空いておりますが、ほかの希望者のかたもおられますので、息子さんのお気持ちがかたまっておいでなら、はやめに決断なさったほうがよろしいかと。面接は寮長がいたします。……そうですね、場合によっては不合格になることもあります。円滑な共同生活のためには、ぜひとも必要なのです。そこをご理解くださいますよう。午后三時ですね。はい、お待ちしております」

電話を終えた男が、コーヒーに口をつけないうち、またしても呼びだし音がひびいた。男はたった今の電話とおおよそ同じ応対をくりかえしている。ただ、約束の時間だけが半時ずれていた。

鳥貝は時計をみた。一時すぎである。このたびの募集は若干名でしかない。しかも、二週間後には授業がはじまるのだから、鳥貝ももはや共同生活への不安に頭を悩ませている場合ではなかった。条件にいくらかの不安材料はあるものの、菌類との同居や灼熱の太陽に照らされる部屋より、ましにきまっている。

彼はこれまで人づきあいで苦労した過去はない。人なみの交際はできるつもりでいる。そう思いさだめると、競合者よりもはやく手つづきをすませたくなった。

鳥貝は気をはやらせて事務机の男に近づいた。つぎの電話が鳴るまえに話をつけたいと思ったのだ。勢いこんだせいで、舌がよくまわらなかった。云いなおそうとして、よけいにことばがもつれた。すっと男の腕がのびて、手の甲を鳥貝の胸のあたりへそっとあてがった。

「深呼吸して」

うながされて、鳥貝は素直に息を吸った。

「もっと深く。息を吐くときに、この鳥がはじかれて翔びたつくらい」

「……鳥?」

「目を閉じてごらん。息を吸って、……もっとだ。そう、それでいい。ほら、鳥が翔んだ」

机にひろげた白い紙を示す。そこに、男のかざした手が鳥の影絵をつくった。巧みではあるが、子どものような遊びをする男だと、鳥貝が思った直後に、その紙がさしだされた。

「申しこみ用紙。心をこめて書けよ。寮長は、字で人となりを判断するんだ。まずは逢ってみてくれ。なにしろ共同生活だから、あるていどの協調性がもとめられる。それを、寮長が判断することになってるんだ。彼が、ダメだと云ったら、悪いがあきらめてほしい」

鳥貝は書類に記入するため、カウンターをかねた事務机の椅子にすわった。本日の在席者を示すネームプレートに「安羅」と書いた札がいれてある。鳥貝には、その名字の正しい読みかたがわからなかった。仮に「やすら」と読むことにする。

「気むずかしい人なんですか？」

「寮長？　どうかな。相手によりけりかも。どちらにせよ、キレ者だから、ごまかしや、その場しのぎの小細工は通用しない。素のままにふるまって、判断を待つようすすめるよ」

申しこみ用紙の空欄を埋めながら、鳥貝は安羅と十分ばかり雑談をした。食費を節約したいときは、駅前通りの商店で惣菜を買って、学食でライスの大盛りをたのむほうが、安あがりに腹ごしらえできるのだと教えてくれた。

安羅の声音はやさしく、耳に心地よかった。くだけた口ぶりではあるが、むやみになれなれしくもない。話し相手との心理的な距離の保ちかたが絶妙である。それは鳥貝が見習いたいと思うおとなの身ぶりのひとつだった。

窓辺の光のかげんかもしれないが、安羅の眼の色は黒というよりは、茶である。彫りの深い顔だちで、二重のまぶたもくっきりしている。ところどころ黄金色に透ける髪の色もくせ毛も、生まれつきだと思わせる風貌だった。

ボヘミアンとか、流浪の民など、それに類することばが思いうかぶ。ひろい意味で東洋的な印象をあたえる男である。長い旅路のはてに混血をくりかえし、極東の島へたどりついた一族の末裔とでもいうふうに。

「……なに？」

「いえ、なんでもないんです。すみません」

「1／2《ハーフ》かも、と思ったとか。実は1／4《クォーター》なんだ」

鳥貝が納得したように息をついたとたん、うそだよ、と笑い声になった。

安羅はどこかに電話をいれて寮長と連絡をつけた。その結果、鳥貝は二十分後にちかくのコーヒーショップで面接を受けることになった。

「それから、これを」

安羅はなにやら樹脂でできたものをさしだした。手のひらサイズの白いひつじのあたまである。彼が成型してつくった手製だと云う。

「テーブルにのせておけば、寮長のほうで声をかけてくる。目印だ」

とのことなので、鳥貝はそれをデイパックのポケットへいれて、学友クラブをあとにした。

白いひつじ

共同生活をする以上は、人間性をためされるのはしかたがないと思いつつも、その審査が家主によっておこなわれるのではなく、おなじ学生である寮長の個人的な判断にまかされていることに、鳥貝はいくぶん抵抗を感じた。だめだと云われた場合、相手が年配の人物ならしかたがないとあきらめもつくが、おなじ学生の判定とあってはなっとくできそうにない。

寮長は多飛本という、これもまた難読の姓であるが、安羅が書いてくれたメモには「たびもと」とふりがながふってあった。約束の時間よりすこしはやくコーヒーショップについた鳥貝は、店員とのやりとりのはずみでチョコレートシロップのはいった濃密なコーヒーをたのんでしまい、甘さを持てあますことになった。

鳥貝は席につき、樹脂製の白いひつじのあたまをテーブルのうえにおいた。彼はひつじのモチーフがきらいではない。むしろ、好きなほうだ。そのひつじはアンモナイトのように、うずを巻く角がついているほかは、つるんとした手ざわりで、目や鼻は描きこまれていない。落書きをしたい衝動にかられた彼は、子どもじみていると自覚しつつ、持っていた油性ペンで目を描きいれた。ついでに鼻と口も描く（あとで返せと云われる可能性をまるで考えていなかった）。

実は不安をつのらせていた。入学式は目前なのに、まだ居場所がさだまらない。こうしているまに、もっと現実的な部屋さがしをすべきなのだ。寮生活になじめるかどうかも、まるで自信がない。審査されるのも不本意である。このまま面接をすっぽかして、午前中に保留した部屋のどちらかにきめて不動産屋へ連絡すべきだ。しきりにそんなことを考えていた鳥貝のあたまのうえで、待たせたかな？　という声がした。

声の主は手にした書類の束をテーブルにおき、飲みものを買いにいった。

彼が多飛本なのだろう。だが、鳥貝は男がどんな顔をしていたかはまだ確認していない。テーブルの横に立った男を見あげたものの、目測をあやまり、一度で相手の顔までとどかなかった。多飛本はむやみに背が高い。

顔を見ようとしてさらにうえを向いたとき、すでに身をひるがえした多飛本は注文カウンターのほうへ歩きはじめていた。学校指定の制服のような濃紺のセーターを着ている。その服装が子どもじみて見えないのは、立ち姿が、完全におとなの男のそれだからだ。自意識をほどよくしまいこみ、風景のなかへその身を苦もなく埋没させることができる。多飛本はトレイをつかわず、コーヒーカップを片手につかんでもどってくる。

予想にたがわず、あたまのよさそうな顔だちだった。学問はもとより、世渡りの面でも優れている人物のそれだった。

多飛本は長身をおりまげて席につく。コーヒーカップをテーブルにおこうとしたが、書類の束でふさがっている。たのむ、と鳥貝にコーヒーカップをあずけ、書類をひとまとめにして、あいている椅子によけた。鳥貝はテーブルにできた空間へ、あずかったカップをおいた。

「ありがとう」

多飛本が買ってきたのはブラックコーヒーである。鳥貝は、チョコレートシロップの甘さがたちのぼる自分のコーヒーが、あらためていやになった。多飛本はよけておいた書類のなかから何枚かを抜きとって手にした。鳥貝は自分のトレイがじゃまだと気づき、それをひざにのせて、コーヒーカップだけをテーブルにのこした。

紫と黄と茶の配色というものが、この世にありえるはずはないと、鳥貝は思っていた。だが、それは彼のファッションセンスが子ども時代のままにとどまっているからだと、気づかされた。多飛本は、濃紺のセーターにあわせて、そのありえない色調のシャツを着こみ、しかもよく似あっていた。

濃紺のセーターも上質なものだとひとめでわかる。袖ぐちと衿もとに、サテンの裏打ちがしてあるのだ。さらに、手首には高級そうなクロノウォッチをはめている。

鳥貝がもっとも注目したのは、多飛本が左手の薬指にはめたシンプルな指輪である。男子寮に住んでいるのだから、妻帯者ではないはずだがと思いつつも、多飛本の全体の印象としては、三歳くらいの子どもがいてもおかしくはない。三十すぎで、広告代理店勤務と云われればなっとくしてしまいそうなほど、騙す手口に長けていそうで、落ちつきはらっている。

学生寮にはいっているからには学生のはずだが、高校を卒業したばかりの、しかもいまだ十七歳の鳥貝にすれば、目の前にいるのはまったくのおとなの男である。いったいいくつなのだろうか、といぶかしむのを見ぬいたかのように、

「これでも四年なんだ。四月から院にいく。寮にもあと数年は世話になるつもりだ。今の寮生のなかでは、ぼくがいちばんの年長者でね」と先まわりに云った。つづけて、先ほどからさがしていて、ようやくみつけたらしい名刺をさしだした。

〈情報工学科芹沢《せりざわ》研究室　多飛本史司〉と書いてある。鳥貝は裏がえして、Chikashi Tabimoto と印字してあるのをたしかめた。タビモトチカシと読む。鳥貝は名刺などなかったので今さら気づいて簡単な自己紹介をしたが、多飛本は安羅がファクシミリで送ったらしい申しこみ書の写しを持っていた。おかげで、しばしば一弥《かずや》と読まれて

しまう名前の訂正（たかはる）も必要なかった。

「さっそくだけど、いくつか質問をさせてもらってもいいかな。たいしたことじゃない。多少の窮屈と不便をがまんできるかどうか、人物を知りたいだけだから。……で、安羅《やすら》は白いひつじをよこしたんだな。なるほど」

なにやら思わせぶりに、多飛本はひつじと鳥貝を交互に見くらべた。

「白いひつじ？」

「識別コードだよ」多飛本は、目だの口だのを落書きしてある樹脂製のひつじのあたまを、指でグッとおしこんだ。はなせば、もとへもどる。鳥貝が描いたひつじの顔が笑っている。

「白のほかに黒とグレー、ゴールドとシルバーがある」

「つまり、知らないあいだに格づけされたということですか？」

鳥貝の口ぶりには、いくぶん反発する調子がにじんでいた。

「格ではなく、あえて云えばゾーンだよ。許容範囲と云ったほうがわかりやすいかな。むろん、安羅の直感もたまにははずれる。とくに気にいったときはね。白はひさしぶりだ」

多飛本が、なごやいだ調子で云うので、鳥貝も悪意はないものと判断して反発はひっこめたが、なんのゾーンなのかは、さっぱりわからなかった。共同生活に必要な人なみの常識は、鳥貝も持ちあわせているつもりだ。しかし、多飛本の口ぶりでは、それ以上のなにかが寮生に求められているらしかった。

鳥貝の不安はますます強まった。やはり寮暮らしは、自分には向かない。予定どおり、カビと同居をする部屋か、隣人の寝言までが聞こえそうな部屋のどちらかで決着すべきなのだ。彼の気持ちは、いくぶんそちらへかたむきはじめた。

「光熱費は頭数でわって等分に支払うんだが」

多飛本はあっさり話題を変えた。こんどは実際的なことにふれる。

「たとえば冬じゅう電気毛布を手放さない者と湯たんぽですごす者が、おなじ電気料金であることをどう思う？」

「等分にするきまりなら、あるていどしかたがないと考えますけど」

「ちなみに、きみはどっち？」

「湯たんぽです」

即答した。鳥貝の考えでは、電気毛布は体温調節機能がおとろえた老人がつかうものであった。郷里の冬でも湯たんぽがあれば、じゅうぶんだった。

「寮でも、それを奨励している。光熱費は抑制するにこしたことはないんでね。どうしても電気毛布がなければ寒くて眠れないという者には、べつの熱源の毛布を貸しだしている」

「べつの熱源っていうのは、なんです？」

「それは、必要が生じたときに教えよう。……つぎに」またしても話題をそらす。

鳥貝もこまかいことは、入寮がきまったときに考えればよいと思いなおした。だいいち、まだ決心をつけられずにいる。こんな面接を投げだして、さっさとべつの部屋をさがしにゆくべきだと、そんな考えにとらわれた。

だが、家賃一万円で、しかもカビとも雑音とも無縁にちがいない家である。その誘惑はあらがいがたい。話ぐらいは最後まで聞くことにした。

「われわれの寮は、まかないつきではなく自炊なんだが、台所は共同でつかうことになっている。くわえて、住人たちはそれぞれが節約しなければいけない身分だから、食費を可能なかぎり圧縮したい者ばかりだ。若者としては、色と服は手をぬけない。したがって、きりつめるのは食ということになる。ただし、必要なぶんまで省くわけではない。賢く節約するんだ。そこで当寮では、食材をまとめ買いとし、炊事を当番制にした。あとかたづけは各自。ちなみに、きみの得意料理があれば聞かせてもらえるかな」

寮生の料理の腕を問題にしたのは、まかない係が順にまわってくるからなのだ。鳥貝が予想していた以上に、共同体の要素が強い。

市販のルーをつかったカレーとハンバーグとオムライスが鳥貝のレパートリーだが、

そのまま答えてよいものかどうか、彼は迷っていた。父や親せきにもふるまう得意料理とはいえ、他人に自慢できるものではない。どのくらい泳げるのかときかれて、二十五メートルと誇らしげにこたえる小学生のようである。

彼のこたえを待たずに、多飛本はたちあがった。

「ひとまず、寮を見学してみるか？　ぼくはこのあとヤボ用があってつきあえないけど、寮へいけばだれかいると思うから、案内してもらってくれ」

多飛本は自分のコーヒーカップを持ち、返却用のカウンターへむかって歩きだした。鳥貝も飲みのこしのカップをトレイにのせて、あとを追った。出口のちかくで、通路ぞいのテーブルにいた学生が多飛本を呼びとめた。

それは、先ほど食堂で鳥貝に声をかけてきた男子学生だった。面接までこぎつけたんだな、と鳥貝に云ってから、多飛本のほうへ向きなおった。片方の耳にだけイヤーカフをしている。鳥貝は今ごろになって気づいた。くせものである。

「図師《ずし》教授の春季特別講義のノート、手配してもらえないかな？　バイトが休めなくて出られなかったんだ」

「ひとつ忠告するが、その女とは手を切ったほうがいい」多飛本が冷静な声で云う。

「バイトだと云っているんだ」

「おなじことだろう？　自己流速記の手書きコピーでいいなら、コピー代サービスで五千円。テキストファイルなら入力代として二千円増し。現金ではらうか、今晩とあしたの朝のメシ炊きを、ぼくのかわりにひきうけるか」

「なんだよ、いつのまにか値上がりしてるじゃないか」

「年度が変わるんだから、当然だ」

学生は、不意に鳥貝をふりかえり、トキヤ（時屋と書く）と名乗ったうえで、四千円でメシ炊きを引きうけないかと、持ちかけた。

つまり時屋も、これから見学にゆく男子寮の住人だったのだ。時屋は頭師教授の講義ノートのコピーを多飛本から五千円で買うかわりに、今晩と明朝の炊事当番をひきうけ、それを鳥貝に四千円で丸投げするつもりでいる。千円の節約というわけなのだ。

「もうすこしくわしく説明すれば」と多飛本が時屋のあとをひきうけた。こんな交渉ごとは日常的におこなわれるらしい。

「食材は寮のストックをつかう。むろん買い足してもかまわないが、その場合は自分持ち。きょうは、ぼくもふくめて四人が晩飯を寮で食べる予定だから、四食分。あしたの朝はそのうちのひとりが食べないので三食。鳥貝くんは寮の食材の買いだしのときに費用を払っていないから、自分の分をふくめるならば材料をべつに買って準備すること。でないと寮生から苦情が出る。ただし、油や調味料はつかってもよい」

「なにをつくってもいいんですか？」

「ああ、世間なみのたべもので、ストックしてある食材をつかってくれれば、あとはまかせる。ただし、文句が出ないという意味ではない。新入生は、たいてい泣かされる」

「泣かされる？　……それは比喩的な意味で？」

「いや、文字通りに。若者を泣かせるのを趣味にしているやつが、二名ほどいる」

「そのうちのひとりは、多飛本だ」時屋が口をはさんだ。

鳥貝は、泣かせる、という状況が今ひとつピンとこなかった。料理のできばえにどんなきびしい判断がくだされるにせよ、高校を卒業し、未成年の最晩年にあたる年齢の青年が、うかうかと泣くものだろうかと。

感涙もふくめて、しばらく泣くこととは無縁に生きてきた鳥貝である。彼の年齢の男子学生ではべつにめずらしいことではない。がまん強いわけでも、鈍いわけでもない。鳥貝にかぎれば、たんに情緒的な文脈を読みとれないのだ。泣くタイミングがわからないと云いかえてもよかった。おまけにドライアイでもあって、眼球をうるおすには目薬が必要なほどだ。

儀式めいたときには、なおさら気分が冷めやすい。高校の卒業式での鳥貝は、別れのさびしさも、巣立ちのよろこびもほどほどで、胸がつまるようなこともなく、ひたすら空腹をこらえるのに苦労した。

鳥貝はひとりっ子ゆえに、家のなかで兄弟と争った経験がない。静かにしていれば、たいていのものは手にはいった。泣いたり笑ったり大声をあげたりといったおおげさな方法で両親の注意をひく必要はなかったのだ。十二歳のときまで存命だった祖母も、孫には甘かった。

彼らはいつも、息子や孫の表情のわずかな変化を見のがさなかった。そのぶん、鳥貝自身は大まかにできあがってしまい、こまごまと気のまわるほうではない。相手の微妙な心の動きは読めないことが多かった。

ただ、実際的な性格の彼は、生活に必要な最低限の交渉術は身につけている。

「四千五百円なら、ひきうけます。自分の食事代を確保しないといけないので」

「そうきたか。新入生にしては、あんがいぬけ目がないな。メシ代は二百五十円ですませろ」時屋はこまかく値切った。

「朝食がありますから、四千五百円はいただかないと」

「鳥貝の勝ちだ」多飛本が判定をくだした。

わかったよ、と時屋もあっさりおれて、四千五百円が支払われた。多飛本が証人となる。

彼は白いひつじをふたたびポケットにいれて歩きだした。

玄関

寮があるのは私鉄沿線の住宅街だった。その駅が高級住宅地の最寄《もよ》りであることを、東京の事情に不慣れな鳥貝は気づいていなかった。

彼は駅の向かいにあったスーパーにたちより、五百円以内におさまるよう計算して、自分用の豚と牛の合い挽き肉と玉ねぎを買い、ソースづくりにつかうリンゴをひとつ買った。釣せんは朝食のパンを買うさいのたしにする。

多飛本の話では、寮の台所には、冷凍肉のほか、玉ねぎやニンジンなどの野菜、パン粉や小麦粉、卵もストックされている(卵は寮の庭で飼っている雌鶏が生む)。

だが、きょうのハンバーグに卵はつかわない。彼の母はカロリーを抑制するために、卵ぬきでつくる。鳥貝もそれにならっている。油脂も実家ではコーン油をつかうが、きょうのところは寮の台所にあるものですませることにした。

多飛本も時屋も、高カロリー食を好みそうなからだつきではなかった。なんとなくではあったが、母親の手料理を一等とする和食派にちがいないと鳥貝は思った。ハンバーグでは不満だろうが、肉をつかってつくる料理を、彼はこれよりほかに思いつかなかった。

だが、リンゴをベースにした特製ソースにはすこし自信がある。ただ、彼の郷里では一年じゅう店頭にある国産の干し杏がなかったのが惜しまれる。彼はそれをかくし味としてつかいたかったのだ。

商店街は、まもなく住宅地にかわった。はじめのうちこそ、ろくな日あたりもなさそうな狭小のアパートが路地の奥に見えたが、さきへ進むにつれて邸宅と呼ぶのにふさわしい家ばかりの閑静な住宅街になる。囲いも門扉もりっぱで、ガレージには高級外車がおさまり、フェンスを越えて咲きみだれた早咲きの春ばらが、道ゆく者の頭上にしだれる。男子寮とは、およそつりあいそうもない風景だ。

歩きながら、駅前のスーパーで買った肉が世間の相場よりすこし高い気がしたのは、この環境のせいなのだと、鳥貝は周辺の家をながめて今さらに気がついた。買いもの袋をよくみれば、ORGANIC FRESH などの単語とともに、GROCERY などと英語でつづられていて、高級店であることを主張していた。もしここで暮らすならば、庶民にふさわしい店をさがさなければいけない。きょうの買いものは、あまり賢くなかった。彼はそんな反省をしながら歩いた。

駅から十分ほどで、ちょっとした十字路へでた。前方の木立ちのかげに、門扉がある。緑の葉を密にしげらせる常緑樹が視界をさえぎっていて、奥まった建物はまだ確認できないが、地図上ではそこが目ざす男子寮である。

家主は近隣へ配慮したらしく、寮であることをあきらかにしていない。しかも鳥貝は、うっかり家主の名を聞きそびれていた。だが、そもそも表札がなかった。

門のまえで、彼はしばしためらった。昼間のせいか通りかかる人もなく、垣根ごしに気安く道をたずねられそうな雰囲気でもない。そのかいわいは、門やフェンスに手を触れるだけで警報が鳴りそうな家ばかりだった。

寮と思われる地所の門扉はひらいている。それこそが、ふつうの家ではないことの証しであるように思われたが、木立ちがじゃまをして奥まで見とおせない。緑地公園だと思ったという云いわけを胸に、鳥貝はおそるおそる門をくぐりぬけた。こもれびを散らすケヤキの高木にかこまれて、小石を敷いた小径がつづく。

そんなアプローチは事前に予想できなかった。建物がぜいたくなだけでなく、敷地もゆったりしていた。どこかから猛犬があらわれ、不法侵入者としてあつかわれるのではないかと、鳥貝は不安をつのらせた。そういう場面を映画かなにかで見たような気がした。彼は犬を飼った経験がなく、大型の犬は苦手だ。

周囲を警戒しながら、鳥貝は木立ちのなかをすすんだ。すると彼のまえに、ようやく目あての建物があらわれた。学友クラブの写真で見たとおりの、三角の屋根窓に特徴のあるロマンティックな洋館だ。シンメトリーではない。部屋ごとに、窓の配置と床面積がちがっているのだろう。

外装は、ややクリーム色がかったモルタルで、窓枠は褐色、スレートぶきの屋根はスモークグリーンだ。二階建てだが、屋根窓がついているので、三階建てのように見える。一部三階建てなのかもしれない。築百年とまでは云わないまでも、六、七十年の年月を重ねた古色をおびている。この東京においてかつての戦禍をどのように生きのびたのか、鳥貝にはわからなかった。

それぞれの窓には日よけがつき、折りたたんであるものもあれば、窓がすっかりかくれるくらいに、ひろげたものもあった。屋根のうえには、煙ぬきの塔が突きだしている。

玄関には、すこしだけせりだしたポーチがあり、古代建築を模した破風屋根がのる。扉には、扇か孔雀の尾のようにひらいた明かり窓がついている。扉をかこむしっくいの飾り枠は、ドレスシャツの細かいタックをよせた前立てを連想させた。

華美ではないが、地味すぎるわけでもない。なにか特定の建築様式にもとづくのではなく、家主か建築家の好みで、あれこれよせあつめたような印象の建物だ。ただ、ごたごたしすぎるほどではなく、金満的でもない。大きな家にありがちな、むやみに人をこばむ厳しさもない。どこか、おおらかで余裕がある。

さすがに玄関扉はしまっていた。鳥貝は呼び鈴をさがしたが、それらしいものはみつからない。扉には、つる草をあしらったノッカーがついている。それを鳴らしたぐらいで奥まった部屋にとどくのかどうか、鳥貝がうたぐっているところへ、内側で気配がした。つづけて急に扉がひらいたため、鳥貝はなかからあらわれた人物とあやうくぶつかりそうになった。

淡い紫のハイネックのニットを着た男だった。スレンダーなからだの線をそのままなぞる、ぴったりしたニットである。素肌へじかに着ているのかもしれない。男はぶつかりそうになったことをわびて、小径のほうへ歩いてゆく。

あきらかな部外者が玄関さきにたたずんでいるのを、まるで気にかけない。鳥貝としては、だれ？　ときかれた場合にそなえて自己紹介の準備をしていたのだが、そしらぬ顔をされたときのことまで考えていなかった。あわてて、立ちさる人物を呼びとめた。案内人なしできたのだから、留守にされては困る。

「……あの、多飛本さんの紹介で寮の見学にきた者なんですけど、どなたか、なかにのこっていらっしゃいますか？」

男は二、三メートルさきでいくらか歩調をゆるめたが、それは鳥貝の声に応じてではなく、手にしていた薄手のコートをニットのうえからはおるためであり、ふりむく気配はない。鳥貝は、またしても自分の着ているダッフルコートが暑苦しいのを思いだした。家にある薄手のコートをとりに帰りたい衝動にかられた。

　男のそれは、偶然にも家においてきた鳥貝のコートとよく似ていた。だが、男が自分よりもずっとスタイリッシュなのは認めざるをえなかった。

　ストラップがついた筒形のホルダーを肩がけにしているので（おそらく図面がはいっている）、それをよけながら片そでずつ腕をとおし、最後にうなじへ手をまわして衿をつまみあげた。コートの背縫いがからだの中心にぴったりとあう。男は、そこでようやくふりかえった。

　いつのまにか、口にクロワッサンをくわえている。それを左手でつかんで一口食いちぎり、右手ではボトムのサイドポケットに差してあったペットボトルをとりだした。片手でキャップをあけ、口をつけてのんだ。

「だれかいるはずだけど、寝てるかな。……おたくは？」

「鳥貝と云います。入居を迷っていて、きょうは見学に」

「迷う？　そんなことしているうちに、空き室がなくなるぜ。こんな安いところ、ほかにないだろ？　くわえて、この立地と環境だ。それでもまだ文句があるのか？」

「条件つきだそうですが、その内容を聞かされていないのと、知らないだれかと相部屋になるのが、すこし不安なんです」

「ふうん、繊細なんだ。生きづらそうだな」

皮肉をこめて云う。初対面の相手に、そんなことを云われ、鳥貝は唖然《あぜん》とした。しかも、男はそのまま立ちさろうとする。かかわりあいに、ならないほうが賢いと思いつつ、黙って聞きすごすことはできなかった。鳥貝は男の背中にむかって声をぶつけた。

「ご心配はありがたいですが、べつに生きづらくなんて、ないです。ふつうです。それに、繊細でもない。ただ、上京したばかりで東京になれないから、用心深くはなっているけど」

男は立ちどまって、ふりむいた。

「なにも、そうむきになって怒ることはないさ」

と笑うのが、鳥貝にはまたしゃくにさわった。云い返そうとしたが、さきにさえぎられた。

「用心深いやつが、なんで多飛本なんかと知りあいなんだよ。あの男くらい、警戒を要する人物もいないぜ。ふつうは近よらないだろ？」

「学友クラブで、ここに入居を希望するなら、寮長の多飛本さんの面接を受けてくれと云われたんです」

「ふうん、……安羅？　それはかつがれたんだよ。性質《たち》のわるいのにひっかかったな。もしかして、一目惚れした？」

「……なんの話ですか。しませんよ、そんなの」

「ここの寮長は持ちまわりで、きまった人間がいるわけじゃない。……今はたしか、ハグマのはずだ」

「ハグマ?」

いったいどうしたわけで、この寮の関係者は珍名ばかりなのかと、鳥貝はよけいなことが気になった。どんな字をあてるのか、まるで思いつかない。

「迷うのは、ここがいわくつきの物件だときかされたからだろ? 昔住んでいたイギリス人家族の死んだ子どもが深夜に歩きまわる話とか、家主が可愛がっていた犬で、車にひかれて死んだのが、ベッドにのってくる話とか」

「……きいていませんけど。そうなんですか?」

「家賃はいくらだと云われた?」

「一万円です」

「だろ? これだけの物件が、理由もなくそんなに安いわけはないさ。常識的に考えろよ」

男は、しゃべるあいまに器用にクロワッサンをのみこんでいるが、口のなかに食べものがあることは、すこしもさとらせない。きれいな食べかただった。

鳥貝は男の態度は好かなかったが、腹ごしらえのしかたは感心した。食べるしぐさ、というのは人の目を惹くものだし、顔つきやことばよりも、人となりをあらわす要素を持っている。

「古い家だからいろいろあるさ。気にしないで住むのが悧巧《りこう》だろうね。毎日見ていれば、そのうちなれるし」

「毎日、出てくるんですか？」

「彼らも人恋しいからさ」

男は笑い声になる。そこでようやく、鳥貝もからかわれていることに気づいた。男はクロワッサンを食べおえ、指をティッシュでぬぐった。それをまるめて、鳥貝にさしだした。

「捨てておいて。ほかに質問は？」

「家賃が安い、ほんとうの理由はなんですか？　あるなら、それを知りたいんです。……たとえば、冬の寒さが想像を絶するとか、夜間の騒音がひどいとか具体的なことを」

「教えてもいいけど、情報料をはらってもらえないかな。前ばらいで。今までのぶんはサービスにしておくから」

男は悪びれもせずに云う。断ってじかに寮へ乗りこみ、自分の目と耳で理由をさぐるという手もある。だが、ある種の因縁をつけられているわけだから、この人物が寮生で、いずれ毎日顔をあわせるのだとしたら、これ以上、事態を複雑にするのは賢い方法ではない。

鳥貝のそんな考えを見透かしたかのように男は「五百円」と云った。

「あるいは、キス」

「キス？」

これまでの人生において、鳥貝は同性からキスを要求されたことはなかったし、応じたこともない。ぎょっとしたのが、そのまま声になった。

「なんだよ、そのリアクション。遊びなんだから、おおげさに考えることもないだろ。即決しろ」

「……つまり、それなんですね。家賃が安いのは、そういうリスクがあるから」

「どんなリスクだよ。遊びだと云ってるんだ。べつにあんたなんか、ほしくないから安心しろ。これでも、女好きだし、相手によっては男でもかまわないとしても、子どもには、ぜんぜん興味がない。情け心で財布の心配をしてやっただけじゃないか。金が惜しくないなら、五百円を出せばいいさ。それだけあれば、おれなんか一週間は楽勝でくらせる。現金はとっておいたほうがいいから、手軽な提案としてキスと云ったまで。五百円相当と、おれが思うものならなんだっていいってことさ。添い寝して子守歌を一曲とか、顔マッサージ五分とか、あおむけに寝たまま部屋で髪を洗ってくれるとかさ」

おかしな男だった。顔だちはととのっているのに、言動はまともではない。やりとりは意味もなく過剰になるばかりだ。

いっぽう、夕食用の肉を持ち歩いていることが鳥貝には気がかりだった。春さきとはいえ、はやく冷蔵庫へしまいたい。こんな男との会話は、早々に切りあげるべきなのだ。

財布から五百円玉をとりだした鳥貝は、それを男にさしだした。男はうけとるかわりに、鳥貝の腕をつかんでひきよせ、キスを強行した。まるっきり油断していた鳥貝は、されるがままだった。荷物で手がふさがっていたうえ、そういう不意うちがあるとは思ってもみなかった。

甘いのはクロワッサンのバター、とゆっくり意識がながれるなか、デニムのまえの縫い目をたどっている男の指を鳥貝はかろうじて拒絶した。だが、口のなかにあった甘いものは、のみこんでしまった。

「あんた、買いものが下手だな」

そうつぶやいて、男は小径を門のほうへ歩いてゆく。鳥貝の手のなかに、五百円玉がのこされた。キスが下手だと云われたような気がして、彼はしばらくぼんやりと男のうしろ姿をながめていた。あのコートには、どうも見おぼえがある。そう思いながら、遠のく男を見送った。

やがて、キスの衝撃もうすらいで、鳥貝はいくぶん冷静になった。すると、男のことばが気になりだした。安羅にかつがれたんだろう、と確かにそう云っていた。そのあとで、惚れたのか、などとたたみかけられてうっかり本筋を見失ったのだが、おそらく安羅もこの寮の住人なのだ。

はじめに声をかけてきたのは、時屋だった。すすめられて訪問した学友クラブには安羅がいた。それから多飛本と面接をした。どうやらはじめから仕組まれたことらしいと、鳥貝もようやく気がついた。

だが、彼らが自分に目をつけた理由となると、さっぱりわからない。同性のからだを欲することを、とやかく云うつもりは鳥貝にはない。個人の自由だと思う。ただ、彼自身にその気がない以上は、求められても困惑するばかりだ。寮の住人たちがそういう傾向を持つならば、鳥貝はここでは暮らせない。

ただし、今夜の料理番としての報酬は前ばらいで受けとっているのだから、鳥貝としてはその義務だけは果たすつもりだった。

パン職人

さっきの男が、捨てておいて、と云ってよこしたティッシュのなかに硬いものがある。鳥貝はそれをひろげてみた。指輪が出てきた。プラチナシルバーのようだ。男はクロワッサンを食べたあとで、指さきをふきとったティッシュをまるめてよこしたのだが、そのさいに、うっかり指輪もぬけてしまったのか、はじめからティッシュのなかに指輪がくるまれていたのかは不明だ。

寮生なら、もどってくるだろうと思い、鳥貝はその指輪をデニムのポケットへしまった。刻印があるかどうかは確認しなかった。キスのことも、もう考えない。その場ではうろたえたが、今はそれほどでもなかった。

彼は玄関扉をあけてなかにはいり、奥にむかって声をかけた。

「見学の者ですが、どなたかいらっしゃいませんか？」

遠くでもの音がしていた。だれかがいるのはたしかだった。鳥貝が気にしていたのは、すでにだいぶ長く常温のまま持ち歩いている肉のことだった。はやく冷蔵庫にしまいたい。気温がどうあれ、くさるものはくさる。

おじゃまします、と鳥貝はひと声かけて玄関でスニーカーをぬいだ。ホールの床と段差のないフラットな玄関なのだが、靴ぬぎ用のマットと間仕切りがわりにおかれたローボードによって、区分されている。

男子寮であるからには、男所帯のはずだが、そこにはひとつの靴も投げだされておらず、すべてローボードのなかへかたづけてあった。鳥貝も来客用と書かれた棚へスニーカーをおさめ、そのうえの段にあったスリッパをはいた。

玄関ホールから居間を通って食堂へいたるのだが、それぞれは家具などで仕切られているだけで、壁や扉はない。家具を移動すればひとつづきのホールになるよう設計されているのだ。

彼は食堂に隣接する台所をみつけ、さっそく冷蔵庫に肉をしまった。まもなく午后三時である。夕食の下ごしらえをはじめても、はやすぎるということはない。よその家の台所では、思わぬ時間がかかるだろうし、自分をふくめれば、鳥貝にとっては過去最大となる五人分の夕食を準備しなければいけないのだ。

鳥貝は向こう見ずの冒険家ではない。必要な準備をしたうえで、あわてずにとりかかるのが好きなタイプだった。

冷凍庫をあけて、まずは解凍する肉をさがした。だれが見てもわかるように、すべてのものが品目と日付を記入した保冷パックに小分けされている。多飛本は整理整頓にうるさそうな男だったから、おおかた彼の指図によるのだろう、と鳥貝は、勝手な連想をした。

必要な冷凍肉をとりだして、テーブルのうえにおいた。きょうの気温なら、野菜の準備をしているあいだに自然解凍できそうだった。台所は共同住宅というよりは、個人宅のそれのような印象である。部屋数は五つだが、それぞれが何人部屋なのか、寮生の総勢は何人なのか、くわしい話をまだひとつも聞きだしていない。わかったのは、彼らのなかに、主義にせよ悪ふざけにせよ、同性とキスをするぐらいなんとも思わない者がいることだけだった。

台所には上質な生地でパンを焼いたときの、香ばしいかおりがのこっている。棚のかごのなかに、いくつかずつ袋づめにしたクロワッサンがあった。鳥貝はさきほどの男の姿を思いだして、いまさらのように自分のまぬけさを呪った。

鳥貝にとって、はじめてのキスだったわけではない。落ちつきを失ったのは、相手が男だったからだ。鳥貝は共学の高校にかよい、英語がよくできる小柄な女子生徒とあたりまえの交際をしていた。キスもした。卒業旅行はしなかった。進路もべつだ。彼女と鳥貝の、両方の母親公認だった。そんな教科書のような交際が長つづきするほうがおかしい。予備校の行き帰りの、とくに夜道の道づれとして必要とされていたのだと、鳥貝は思っている。自転車で長い道のりを走った。小休止のさいに、キスぐらいはゆるされる。ちょっと抱きしめるのもOKだ。だが、それだけであったし、鳥貝もそんなものだと思っていた。

そうした鳥貝の生活のなかに、同性同士という選択はいっさいなかった。考えてみたこともない。だから、あの男が云ったように、ただの遊びだとしても、唇が重なったときにはうろたえた。しりぞけることすらできず、されるにまかせた。さらに鳥貝を困惑させたのは、ぼんやりと男を見送ってしまったばかりか、怒りの表明さえ忘れたことだった。あまりにも日常とかけはなれた不意打ちのせいかもしれない。

本来なら、鳥貝はあの場で男を殴りつけるなり、ののしるなりすべきだった。だが、そういう気は起こらなかった。それに、殴りかかったところで、おそらく無事ですむはずはない。強力な反撃をうけたにちがいない。

鳥貝の気質として腕力にうったえるのは好きではないのにくわえ、あの男にはどこか捨て身の気質がみえて、自分がたちうちできる相手ではないと直感した。

ぜいたくな台所だった。すぐとなりが食堂になっている。天井はたかく、花をあしらった丸ぶち飾りから、乳白のまるいガラスをつらねた灯が吊りさがっている。たんねんに塗りこめられたしっくいの壁は、窓ごしにそそぐ午后の日をあびて、ケーキを飾るバタークリームのような、やわらかい白さにつつまれている。たいらなところでは、あわい光の帯が重なりあい、縞もようをつくってたゆたっている。風でカーテンがゆれるたびに、うっすらとした虹があらわれた。床は硬い材質の板を張りあわせた格子柄で、よく磨いてあった。

台所と食堂は、ひくい仕切り戸棚でへだてられている。その戸棚は食堂のがわではカウンターテーブルになっていて、台所をL字形にかこんで窓辺へとつづく。寮生が十人ほどなら、朝食の時間がかさなっても席がなくなる心配はなさそうだった。庭に面したテラスもある。テーブルをかねた出窓の桟がとぎれたところと、台所のなかに、それぞれ庭へ通じる戸口があった。

庭には、うすべに色の杏の花が咲いている。鳥貝の郷里のいたるところに咲く花なので、それとわかる。だが、彼が郷里を発つときにはやっと花芽がふくらみはじめたばかりで、枝も幹も冬じたくのままだった。花が咲くのは、ひと月後だ。それにくらべて、東京の春は早い。

鳥貝の知りあいに、その果実をピュレやジャムにして焼き菓子をこしらえる名人がいる。アプリコット、つまり杏の実は、種ばかり大きくて酸っぱい果実だが、コンポートやジャムはおいしい。それをタルトにすると、酸味が生地となじんで格別な味になる。干した果実をまるごとひとつくるんだひとくちパイも、彼の好物だった。

その人は、小さな喫茶店を営んでいる。果実がみのる季節になると、収穫したばかりのアプリコットをつかっていくつもタルトを焼き、親しい人たちに無償でふるまった。

遠くで暮らす知人にも箱詰めにして送る。小包みを自転車の前かごにのせ、いそいそと宅配便の窓口へ出かける。杏がでまわる季節のあいだじゅう、いそがしい。タルトを送りだしてもどったのちは、ひと仕事を終えた顔で紅茶をいれる。

鳥貝は寮の庭の杏の花をながめて、その人のことを思い浮かべた。母の料理とはべつに、その人からオムレツのつくりかたを教わった。生みたての卵があるなら、あすの朝はオムレツを焼こうと、鳥貝はそんなことを思った。玉ねぎは、きょうのハンバーグのついでにオムレツにつかうぶんも炒めて冷凍しておけばよい。彼のつくるオムレツは一晩ねかせた玉ねぎでも平気だ。

目玉焼きのほうが楽なのに、食器戸棚にならんでいる小ぶりのグラタン皿を見つけて、彼はそんな気になった。アプリコットタルトの名人におそわったオムレツは、グラタン皿をつかう、すこし変わったオムレツなのだ。

卒業式のあとで、鳥貝はその人に逢いにゆくつもりでいたが、突然の大雪になって自転車を走らせることができなかった。そのまま上京してしまったのが、心残りになっている。

鳥貝は台所の戸口から庭へでてみた。そこから屋根をあおぐ。はじめの印象で、換気用だろうと思った筒状の塔は、暖炉の煙突らしい。すると、薪割りが必要なのだろうか、とあたりをみまわした。燃料小屋らしきものはない。そのかわり、多飛本が説明したとおり鶏舎がある。

そのとき、ふいに二階の窓がひらいて、ひとりの男が顔をだした。鳥貝はすかさず声をかけた。

「すみません。もしかしてハグマさんですか？」

窓辺の男は、ヘッドホンをしていた。それをはずして、窓から身を乗りだした。そのままバルコニーを越えて転げ落ちてしまいそうな、まるっこいからだつきだ。

「どちらさん？」

「鳥貝と云います。寮の見学に来ました。多飛本さんが、だれか寮にいるはずだから、きいてくれと。ハグマさんのお名前は、さっき玄関から出てきた人におしえてもらいました。……できれば、すこしお話をうかがいたいのですけど」

「わかった、今おりるよ」

人あたりのよい声に、鳥貝はほっとして台所で待っていた。あらわれたハグマは、白熊と紙に書いて自己紹介をすませ、お茶にしようと誘った。鳥貝は料理番を云いつかったことをつたえたが、まだ時間はあるさ、と笑う。

白熊はさっそく紅茶をいれる準備をはじめ、楽にしてていいよ、とうながされた鳥貝は、食堂の椅子にこしかけた。

白熊は、白っぽいパンをたくさん盛ったカゴをはこんできて、鳥貝のまえにおいた。ほかほかと湯気がたっている。

「おなかすいてるだろ？　けさ焼いたのを、オーブンで温めなおしたんだ。はちみつをつけるとおいしいよ。クロワッサンもあるけど、おやつならこっちのほうがいいよね。クロワッサンはひとつ百五十円で売ってるんだ。もっと安くできるけど、それだとうっかり食べすぎてしまうから、わざとすこし高くしてあるんだ。ひとつでやめておこう、と思うくらいでちょうどいいんだよ。白パンはサービス。これはクロワッサンほどバターをつかっていない食べごろさ」

ポットいりのはちみつがでてくる。白熊がならべた白磁の紅茶カップには目に染みるような青絵が描いてあった。鳥貝は、遠慮なくパンに手をのばした。

「パンを焼くのは趣味なんですか？」

「というより、なりわいだよ。ぼくはこんな見てくれで、あたまも並だから、天然資源でかせげないぶんを技術でまかなっているんだ。パンやケーキを焼いて、それを売る」

「ご商売なんですか？　学生ではなく？　それともパン職人の養成学校かなにかに？」

白熊は笑い声になる。目尻とあごのたるみによる筋がつながり、輪になってしまうような笑顔だ。絵本やシンボルマークで卵や月を擬人化するときの笑顔にそっくりだった。

「あはは。ちがうよ、これでも、きみとおなじTK大の学生だよ。ここはあそこの学生限定の寮だろう。きみは工学部だっけ？　ぼくは理学部だ。仕送りのたりないぶんを、パンづくりでおぎなっているという話さ。みんなもそうだけど、親のすねを細らせている身だから、すこしは自分でもかせがないとね」

「それでパンを？」

「イースト菌や酵母はぼくの専門分野じゃないけど、つきあうとなかなか面白いやつらだ。それに生地をこねていると、精神統一にもなるしね。……で、きみは料理番としてこの寮に来たの？」

「今晩とあすの朝食だけの臨時やといです。それは、時屋さんの代理で。ここの寮にはいるかどうかは、まだ迷っているんです。学友クラブで紹介をうけて、多飛本さんと面接をしました」

「あやしい男だったから、警戒してるんだろう？」

「……いえ、これまで共同生活をしたことがないので、規則になじめないかもしれないと思って」

自分はノーマルだから、とは、むろん鳥貝は云いだせなかった。白熊は好人物に見えるだけに、なおさらそんな暴言を吐くつもりはなかった。

「みんなおなじさ。寮生活なんて、ここへ来るまで経験がない。生まれてはじめての体験だよ。それに、アパート暮らしだって、ひろい意味では共同生活だろう？　通路はせまいし、壁はうすい。となりに人がいるのを意識して、気をつかう。どこだって、勝手気ままに暮らしていいってわけじゃない。ここでの制約も、それとおなじていどのものだよ。むろん、アパート暮らしよりは共用スペースが多いから、それにともなう多少のルールや不自由さはある。だけど、それは身内と暮らす家のなかでもおなじさ。風呂や洗面台をつかう順番を、家族でやりくりするだろう？　ぼくなんか、歳のはなれた兄と姉がいるから、同居しているころは毎朝、歯を磨くだけでもたいへんだったよ。兄や姉もふだんは小さな弟をいたわってくれるけど、朝は凶暴だからね。時間がないうえに、気がたっているんだ、通勤客や学生でぎゅう詰めの電車に乗るんだから当然さ。神経がピリピリしているんだよ。だから近よらないにかぎる。ぼくは庭で歯を磨くことにしていたよ。雨の日はガレージで。寮だって、家だって、自分以外のだれかと暮らすという点で、不自由なのはおなじさ。深く考えることはない。ただ、ごらんのとおりの古い家だ。ここを居心地よくしておくためには、こまごまとしたメンテナンスは欠かせないし、義務でもある。男所帯だから、おざなりでいいって法はない。共有スペースのそうじはむろん交替でするんだけど、カーテンやシーツのように大きなものを洗濯するなら、何人かで一度にすませたほうが効率的だ。そういうのを当番制にしているんだよ。都合が悪いときは、だれかに代わってもらう。交渉しだいで、ほかの同等の仕事と交替したり、売買したり、物々交換したり。なれれば、むずかしいことじゃないさ」

「添い寝で子守歌を唄わせるとか、部屋で服を着たままあおむけになって髪を洗わせるとかも、よくあることなんですか？」

「ファンタスティックだね。きみが思いついたの？」

「ちがいます。さっき、玄関ですれちがった人に、……だれかはわかりませんけど、細身で顔だちのととのった人です。寮のことをたずねたら、情報代をはらうか、さもなければ、といって提案されたんです」

「で、きみはどうした？」

「情報代を……はらいました」

鳥貝はうそをついた。代金をはらうつもりだったが、実際にそうできなかったのだと、胸のうちで弁解した。

「それは、もったいない。ひとつ助言をしておこう。この寮で暮らすつもりなら、いちいち云い値のとおり代金をはらうことはないんだ。すぐにすっからかんになってしまうよ。さもなければ労働に追われて、勉強する時間がなくなる。まずは徹底して交渉術を身につけること。要求額をすぐ払うなんて、ばかげているよ。だいいち、半分は冗談なんだからね。その見分けも必要だ。あるいは、特技を生かすんだ。ぼくはなんでもパンや焼き菓子を対価として交渉する。寮のそとでパンを売って、その売りあげで寮内の費用をまかなうこともあるよ。二十歳をすぎている者は、商売をはじめたり、会社を設立したりもできるから。法的なこまかいことは多飛本がおしえてくれる。有料だけどね」

「まだ十七歳なんです」

「だって、高校を卒業してるんだろ。十八歳じゃないの？」

「三月二十一日生まれだから」

「それはいいや。誕生日はしあさってか。それじゃ、お祝いにケーキを焼いてあげよう。もちろん、プレゼントだよ。歓迎会もかねてだね。寮生になるんだろう？」

「……まだ、きめていないんです。そのことで、おうかがいしたかったんですけど」

といっても、すぐには切りだせなかった。寮生たちの性的な傾向がどうかなど、ストレートにきけるわけがない。鳥貝としては、自然にそうだとわかるのが望ましい。

白熊は会話をかわすかぎり、まっとうな学生であるが、今までのやりとりで兄や姉の存在はわかったものの、私生活のことはほとんど話題にならなかった。

「いいよ、ぼくがこたえられることだったら、なんでもおしえてあげるよ。情報代は請求しないから安心していい。百合子とはちがう」

「ユリコ？」

白熊はその名を、タヌキではなくキツネのアクセントで口にした。

「きみが玄関であったヤツさ。細身で顔のきれいな男。話のようすだと、安羅じゃなさそうだから、たぶん百合子だ」

そういう姓なのだ。鳥貝もかなりめずらしい姓ではあるが、ここの寮生たちにくらべたらふつうの部類だと思えた。

「で、迷う理由はなんだい？」

「……ひつじのことなんです」

鳥貝は、学友クラブで手渡された白いひつじをテーブルにおいた。

「なるほど、白なんだ。そうか、そうか。……もしかして、色のことが気になるの？ゴールドやシルバーもあると教えられたかな？」

鳥貝はうなずいた。白熊が見かけよりずっと察しのよい人物であることに感謝した。云いにくいことを、口にせずにすんだ。

「多飛本さんは、ひつじの色はゾーンをあらわすと云うだけで、くわしく説明してくれませんでした」

「色の道のことだから、云うにおよばず、とでも思ったんだろう」

「色の道？」

色の意味がわからないほど、鳥貝も子どもではなかったが、それとゾーンがどう結びつくのかわからず、とまどうばかりだった。

「たとえばぼくは、安羅に云わせるとこれでも黒なんだよ。黒いひつじ。……学友クラブにいたのは、彼？」

鳥貝はうなずいた。

「安羅は、……彼はシルバーだよ。それも、とびきり上等の。多飛本は黒。時屋は白でもあり黒でもあるからグレー」

白熊がそこで、白いパンをほおばったので、しばらく話がとだえた。単純に考えれば、色のちがいは好みの相手の性別のようにも思われるが、白と黒とグレーは説明できるものの、シルバーとゴールドがわからない。鳥貝は白熊の話をきいて、かえってあたまを悩ませた。

ただ、この寮では暮らせないというほうへ、彼の結論は確実にかたむいていた。すぐにもアパートの仲介業者へ電話をいれて、カビの部屋をおさえたくなった。灼熱地獄で隣人の寝言が聞こえそうなほうは、やめにしたい。

「……あの、ちょっと電話をかけてきます。急用を思いだしまして」

「べつに、ここでかけてもいいよ。携帯だろ？　それともぼくに聞かせたくないのかな？」

「……いえ、そういうわけではないんですけど」

「気づかいは無用だ。じゃまならじゃまだと云う。そのほうが、おたがいに楽なんだよ。玄関ホールなら、声は聞こえても内容までわからないよ。反響があって、聞きとれないんだ」

うながされて、鳥貝は玄関ホールへ行って電話をかけた。さっそく、けさ立ちよった仲介業者に電話をいれた。だが、ああ、あいにくだったね。ちょっとまえに、という声が聞こえてきた。あたまのなかが真っ白になりそうなのをかろうじて立てなおし、もう一軒の、壁のうすい部屋を紹介してくれた業者に電話をした。

ところが、ここでもまた、惜しかったね、あと三十分早ければ、と云われたのだ。また一から仲介業者をまわらなければならない。だが、きょうは料理番をひきうけているため、それもできない。

沈んだ顔で、白熊のところへもどった。

「あれ、なんだか顔色がわるいね。なにかあったのかい？」

実際、鳥貝は自分でも血の気が失せていると感じた。

「アパートのことです。下見をしておいた部屋が、もうふさがったと云われて」

「だって、きみはここへ来るんだろう？」

「実は、ほかの人といっしょの部屋には、どうしても抵抗があって、決心がつかないんです」

そんな回りくどい云い草は、鳥貝としても心苦しかった。白熊が気を悪くしなければいいが、と思いながら口にした。

「きみは、なにか勘ちがいしてるな。寮といってるけど、今はひとりでひと部屋をつかっているんだよ。三人ぐらいずつ同居していた時代もあるらしいけど、今では、個室なんだ。風呂とトイレは個別で、シェアしてるのは玄関と台所と食堂と居間ってとこかな。それだって、このひろさだから、さほど不自由はないよ。そのぶん、そうじはたいへんだけどね。すぐ当番がまわってくるからさ」

「部屋は五つだと聞いてきたんですけど」

「うん、たしかに五つだ」

「それだと、今は空き室がないということですよね。……だって、多飛本さん、安羅さん、時屋さん、白熊さん、百合子さん、これで五つです」

「百合子は二月いっぱいで出ていった。だから、そこが空き室なんだ。さっき来ていたのは、忘れものでもしたんだろう。もう引っ越しはすんでるよ」

「そうすると、ぼくが家賃一万円と聞いてきたのは、なにかのまちがいですね。……そんなに安いはずはないから」

「どうかな。白いひつじなら、そんなものさ。安羅がそう判断して、多飛本も訂正しなかった。だから、事実上、きみに関しては白が確定して、家賃も安羅が一万円と云ったなら、一万円でいいんだ」

鳥貝はますます、あやしんだ。ひつじの色が家賃の査定になるなら、その色の意味をあいまいにしたままでは、入居をきめられない。

「もし、あとで白ではないとわかったら、どうなるんです？」

彼は意味もわからずにきいた。カマをかけた、という意識もなかった。そこまで、謎にたいする見通しはたっていなかった。

「どうかな。ぼくも白に一票いれるけどね」

「……白いひつじって、なんのコードなんですか？」

ついに、鳥貝は真っ向からたずねた。それはねえ、と云ったきり、白熊は笑い声になる。

「契約してみればわかるさ。それくらいのバクチ、打ってみたらどうかな。十七歳なんて、うらやましいくらい若いよ。青春だよねえ。……いくところがないんだろう？

用心深いきみのためにつけ加えるなら、部屋には鍵がかかる。むろんバスルームもね」

白熊はあきらかに、鳥貝がこの寮の住人たちの性癖を警戒しているのだという前提で話している。

「……おれは、ことさら用心深いってわけじゃないです。ただ」

「ノーマル？」

先をこされて、鳥貝は口をつぐんだ。白熊は笑っただけで、あとはなにも云わない。反応を待つほど、意地のわるい人物ではなかった。茶器をかたづけはじめ、手つかずのパンを袋へつめこんでさしだした。はい、おみやげ。遠慮は無用、と云う。

「ほかに、知りたいことはある？」

「募集広告に家具つきだと書いてありましたけど、それはこの食堂や、となりの居間にあるような、高級品なんですか？」

「高級品かどうかはともかく、重厚ではあるね。家主が長く海外で暮らした人で、西洋家具が好きなんだ。一見すると古そうだけど、ほとんどは二十世紀初頭につくられたものだよ。それでも百年ちかくたっているから、じゅうぶん古いけどね。とりえは、丈夫なことだ。人のものだと思うと気がねもするだろうけど、ふつうにつかって傷んだぶんは、弁償しろとは云われないよ。常識的につかえばちょっとやそっとで傷はつかないし、こわれない。そこが、西洋家具のいいところさ。材が堅固なんだ。石の家にあわせてあるからね。空き室を見学してきてもかまわないよ」

そのとき、どこかで鐘つきの時計が四時をつげた。そろそろ夕食の下ごしらえをはじめる時間だ。鳥貝は空き室の見学をあとまわしにした。白熊から台所道具のしまい場所や食器のつかいわけなどをおそわった。

「こまかいことは気にしないで、楽しんでつくればいいよ。なにかわからないことがあったら三号室をたずねてくれ」

そう云って、白熊は自分の部屋へひきあげた。ひつじの色がなにを示すのかのまともな回答は、親切な白熊からも得られなかった。鳥貝はひとりで台所にのこった。

夕食

四カップの米を研いで、水を切る。それは鳥貝が多飛本に指示された四人分の米の量だった。自分用には、さきほど白熊が袋につめてくれたパンがある。それを食べるつもりだ。

ボウルに肉をいれ、塩胡椒してパン粉といっしょにこねる。フライパンでは玉ねぎを炒めている。鳥貝の母はアメいろに炒めた玉ねぎをつかうのが好きで、彼もそれにならう。だが、もっと歯ごたえのあるように生の玉ねぎをいれたハンバーグが好きだという友人もいる。

家庭料理は、その家の台所にたつ者によって味もつくりかたもさまざまである。日常的にくりかえし口にするものだけに、なれ親しんだ味こそがいちばんだと思うようになる。塩かげんが、すこし変わるだけでも、首をかしげたくなる。あちらの好みにあわせれば、こちらで文句がでるのはまちがいない。

料理のできばえによっては泣かされる者もいるという多飛本のことばが、鳥貝は気がかりだった。そこまで云うからには、多飛本は料理の腕に自信があるのだろうか、といぶかしむ。男ばかりの共同体のわりに、台所がかたづいているのも謎めいている。白いところは白く、金属の部分は、つややかに磨きあげられていた。

几帳面な人物が、この台所をしきっているようすがうかがえた。だから、鳥貝もふだん以上に注意ぶかく手を洗い、包丁やまないたを熱湯で消毒しながらの調理をこころがけた。野菜はたべやすい大きさにきざんで蒸し煮にする。にんじんとブロッコリーといんげんがあった。

夜に勉強する者もいるから、六時半が夕食の開始時刻だと多飛本に指示されたとおり、鳥貝は時間を逆算して炊飯器のスイッチをいれた。蒸し焼きにするばかりにかたちをととのえたハンバーグの生地を冷蔵庫でやすませ、ソースをつくり、台所に隣接する食堂のテーブルを拭いて準備をととのえた。

白熊の説明では、寮生がそろって席につくわけではなく、帰宅した者からそれぞれの分を、自分好みの食器に盛りつけて食べる。そのため、ひとりいくつ、と個数がきまっているものは、あらかじめ小分けにしておいたほうがよいと、鳥貝に助言した。

「小学校の給食とおなじでね」と白熊は云う。好きなものだけえらんだり、個数にかまわず食べてしまったりする者もいるのである。

その忠告にしたがって、鳥貝はハンバーグと野菜をひとりぶんずつ皿にとりわけてラップフィルムをかけ、六時半のすこしまえに配膳台にならべた。そのまま、電子レンジであたためなおすことができる。彼は自分のぶんを味見してみて、できばえに満足した。ご飯も予定どおり炊きあがった。あとは多飛本の帰宅を待つばかりである。

玄関のチャイムが鳴った。寮生は、各自で自分の鍵を持っている。チャイムを鳴らすのは訪問者だ。しかも鳥貝はチャイムの在り処を見つけられなかったが、それはちゃんと存在していたようだ。応答するのが自分の役目であるかどうかをうたがいながら、鳥貝は玄関へ向かった。

子どもの留守番ではないのだから、代理人として用向きをたずね、必要が生じたら白熊を呼びだすことにした。鳥貝は小さなドアスコープをのぞきこんだ。外には、ひとりの紳士がたたずんでいる。四十代なかばぐらいの、営業にきた商人でも説教にきた宗教家でもなさそうな人物だった。

鳥貝は、扉をあけて用件をたずねた。薄手のジャケット姿の紳士はわずかにほほ笑んで、こんばんは、とあいさつをする。めがねをかけた目もとは柔和だった。ジャケットの生地の織り目と、なかに着たシャツの細かな柄が、偶然とは思えない調和をなしている。ディテールを意識したうえでの着こなしなのだと、鳥貝はさとった。つまり、そうした繊細な感覚の持ち主なのだ。

ネクタイはしておらず、シルクか、あるいはきわめて艶やかな新素材のスカーフを衿もとにしのばせている。胸もとが、あけすけになりすぎるところを、ひかえめなベージュかサンドブラウンといった色調のスカーフで緩和しているのだった。

寡黙でおだやかな印象だが、人里をはなれて自然を相手に暮らしているふうではなく、都会のなかで洗練された日常を送っているにちがいない。手に技を持った人で、良心と誠意のはいりこむ余地のある職業を、つまり、たくさんは儲からないが信頼によってささえられている仕事を、なりわいとしているのではないか。鳥貝が、そんなふうに勘ぐっているところへ、電話が鳴った。

玄関ホールの電話だった。鳥貝は紳士を玄関わきのソファへ案内し、こちらでお待ちください、とつげて電話にでた。はい、と云ったものの、彼はそこで口ごもった。寮の名称を知らないことに気づいたのだ。

「たぶん、今ごろお客さんが行っていると思うけど」

多飛本だった。受話器をとったのがだれかを確かめもせず、いきなり話しだした。

「……はい、紳士がひとり」

「その人は、あやしい人物じゃないから、失礼のないようにたのむよ。ぼくたちの寮では、食事にありつく権利を売るのは日常的なことなんだ。晩メシを寮で食べるつもりだったのに、急用ができて時間までに帰宅できないことがある。そんなときは、クーポン券を売って、だれかに食べてもらうんだ。食材をむだにしなくてもすむし、せっかくつくった料理人もむくわれる。というわけで、ぼくは今夜じゅうに帰宅できそうもないから、その紳士に食事の権利を売ったんだ。クーポン券の裏に、きょうの日付とぼくのサインがあれば有効だ。ほかの寮生でもおなじく、日付とサインを確認して、お客さんをおもてなししてくれ」

「見たこともないみなさんのサインを、どうやって確認すればいいんですか？　それに、おもてなしというのは、レストランのように給仕をせよ、という意味でしょうか」

そう念をおす鳥貝の声は、多飛本にたいしていくらか苛《いら》だっていた。その原因は、今夜の料理を彼が食べないことにあった。

「サインは、してあればいいってことだ。たまにクーポン券を落とすやつがいるからさ。売るつもりのなかったクーポン券をだれかがつかったら、食卓につく人数が狂うだろう？　偽造をうたがってのことじゃない。客人は居間へご案内してくれ。給仕はレストランのようにではなくて、アットホームでいい。たとえるなら、亭主よりさきにお客が到着してしまったようなとき、妻がかわりにちょっと話し相手になるような感じでさ」

「おれは、……いえ、ぼくは多飛本さんの同居人ではありません」（妻とは云いたくなかった）

「たとえ話をしてるんだよ。……あ、もしかして今のはきみのジョーク？」

「腹を立てているんです」

「ぼくに？　なんで？　理由を云ってごらん」

「泣かせるって云うから、勝負しようと思って腕をふるったのに」鳥貝は本音を口にした。

とたんに笑い声がひびいた。

「だと思ったよ。きみはレパートリーはすくなくても、味に自信があるんだろう？　料理自慢の母親に育てられた息子はたいていそうだよ。話のようすで、きみの食生活がまともなのは察しがついたからね。だから、ぼくも今夜のクーポン券は高く売りつけたんだ。その紳士は、今夜満足すれば、次回はもっと高く買ってくれる。きみが直接交渉してもいい。クーポン券ではなく、メニューをそえた食事券を売ったってかまわない。商売にするなら後押しをひきうけるよ。考えてみるといい。ぼくは家事を高度な技術を要する仕事だと思っているし、妻が働くのを奨励する主義だからね」

などと多飛本は一方的にしゃべったあげく、反論させずに話を終わらせた。二度までも妻にたとえる軽口にたいして鳥貝が抗議しようとしたときには、もう電話は切れていた。

彼は気をとりなおし、居間に席を用意したうえで、玄関わきで待たせていた紳士を案内した。どこまで事情に通じているのかわからないが、紳士はこちらのもどかしい応対に不満を見せるでもなく、おだやかな表情で席についた。

「上着をおあずかりしましょうか?」

玄関ホールにコートハンガーがあったのを思いだして、鳥貝は申しでた。

「ありがとう。でもこれは、あいている椅子の背もたれにかけさせていただくだけでだいじょうぶですよ」

紳士はジャケットをぬいで、脇の椅子の背もたれにかけた。モスグリーンか灰褐色かという色のセーターを着ている。組みあわせるシャツの色が、すこしちがうだけで野暮にも粋にもなるようなセーターだったが、もちろん、紳士は気どらない服装でいながら、じゅうぶんおしゃれに装うことのできる人だった。

「卓上灯をご用意しましょうか？」

居間の灯は電球をいくつか組みあわせた吊り灯だったが、あまりあかるいものではなかった。

「ありがとう。でも、食事をするにはじゅうぶんですよ。それより、もしよかったらきみもこのテーブルで食べませんか。ひとりでは味気ないので」

自分がどのタイミングで食事をすればよいのかと迷っていた鳥貝は、紳士の誘いをうけることにした。料理番が、居間で食べてはいけないとは云われていないし、そんな指図をうけるおぼえもない。

今夜の料理は多飛本の、泣かせる、という脅しに挑戦するためにつくったので、その本人が食べないのであれば、役目は終わったようなものだった。気負っていたぶん、鳥貝は拍子ぬけした。未知の人と食事をともにするという緊張を、むしろ必要とする心境だったのだ。

それに寮生はまだだれも、食堂にあらわれていなかった。

「……では、おじゃまいたします」

鳥貝は自分の皿とパンをトレイにのせ、紳士がいる居間のテーブルについた。こんな場合は、年少者がさきに自己紹介をするものだろうと常識的に考え、名乗ろうとして紳士の笑顔にさえぎられた。

「思うに、われわれは真実を語りあう必要のないあいだがらです。ならば、気のきいたゲームをたのしみませんか？」

「……ゲームですか？」

コンピュータゲームをゲームの王道と思いがちな年齢の鳥貝は、この紳士とゲームが結びつかず、聞きちがえではないかとうたがった。

しかし、紳士はうなずいて、

「せっかくの一期一会の晩ですからね。たとえば、見ず知らずであるという負の要素を逆手にとって、おたがいに相手のプロフィールを勝手につくりあげ、旧知のあいだがらのつもりで話をするのです。架空のシナリオの読みあわせのように」

と、不思議な提案をした。

「シナリオを？」

鳥貝のためらいは、紳士の提案の奇抜さよりも、彼自身の苦手意識によるものだった。子どものころから、演技が下手だった。学芸会の劇で役をあたえられても、せりふが単調になってしまう。彼は、演じている人物の心のありようをとらえるのが苦手で、感情移入することができないのだ。国語の長文問題は彼にとっての最大の鬼門だった。

《このとき、主人公はどのようなことを考えていたと思いますか？　１００字以内でこたえなさい》といった問題で、彼はたいてい的外れな答えを書いた。

作文も苦手だった。山にのぼってもいないのにのぼったふりをしたり、心にもないことを書いたりするのは不得手なのだ。あわせて、好きなものを好きと書くのも苦手だ。彼の性分として、そんなことをいちいち宣言したくなかった。

そのかわり記憶力はよかったので、観察したままを書くのは得意だった。人の云ったことばもよくおぼえている。むろん、シナリオの長いせりふもすぐにおぼえるので、演技は下手だがきまって主役の控えに抜擢されるのだ。そうして、学芸会の当日に運悪く主役が発熱して降板すると、彼に出番がまわってくる。

「たとえばの話です。目に見えないシナリオがここにあると仮定して、たがいにその役を演じるのです。シナリオの読みあわせ、と仮定しているのですから、ことばにつまったり、先をつづけられなくなったりしたら役者は降板です。つまり、そこでゲームオーバーとなります。相手がことばにつまるような話題を持ちだしたほうが勝ち、となります。いかがでしょう？」

鳥貝は、即答をさけた。ルールがのみこめなかったからでも、興味がなかったからでもない。ゲームをはじめるまえから勝敗はきまっていると思えたからだ。

「高校を卒業したばかりの身では、発想が幼なすぎて、あなたとはまるで勝負にならない気がします」

「それでは、あなたはこれとおなじゲームを十歳の子どもと試みて、苦もなく勝てると思いますか？」

鳥貝は首を横にふった。子どもは何を云いだすかわからないだけに、あなどれないと答えた。

「そうでしょうとも。十歳の子どもの体験が、ときには一生の職業に結びつくこともあるように、いくつであろうと、りっぱなひとりの人間なのです。三歳児には、三歳児なりの意気ごみと希望がある。その子どもが長じて高名な学者になるころ、私はただの老人でしかないでしょう。それはあなたにも当てはまりますよ。若いあなたは、今、なにものでもないかわりに、この先なににでもなれる。うらやましいかぎりです」

こうして、鳥貝は風変わりな提案を受けいれた。本名を名乗りあったところで、父子ほども年のはなれた人物を相手に共通の話題があるはずもない。おなじ間のぬけた会話をするなら、ゲームのほうが気楽かもしれないと考えた。紳士から、もうひとつ提案があった。

「なにか、賭けましょうか？　むろん罪のないものを。たとえば、はじめての体験について告白する。その、項目をきめるのは勝者の権利とする。というのはどうでしょう？　あなたがお答えになりにくいことも、ふくまれるかもしれません。はじめてのキスは？　とか、はじめての失恋は？　などと」

「けっこうです」

鳥貝は、自分には云いにくいことなどないように思って、こんどは迷わず受けあった。はじめてのキスについて話すのも、べつに抵抗はない。失恋は経験がなかった。そもそも恋愛と呼べるほどの関係を結んだことがない。ひそかな想いをいだく相手はあっても、告白していないのだ。

「それでは」と紳士はフォークとナイフを手にとった。「提案した私からはじめましょう。今宵だけのおつきあいであれば、あえて偽名を名乗ることもないですね。必要なときは、二人称のどれかでお呼びください」

こうして、ゲームがはじまった。

「あなたはたしか、N県の内陸部のお生まれでしたね。重量級の山の稜線が、つねにどこからも見えるような。ご実家のあたりでは、この季節になってもまだだいぶ雪がふるのではありませんか？」

「……ええ、先週もあらたに二十センチほどつもりました。それでも、東京のかたが思うほど降雪量は多くない土地です、とくに今年は山のほうにはずいぶんふりましたが、平地は雪が少なかったんです」

鳥貝は事実を口にした。N県の生まれと云われ、それが自分にあてはまることだったので、ゲームであることを、うっかり忘れてしまったのだ。

「杏の花はまだ咲きませんか？　あれは、なかなかいい花ですね。私は去年の春にはじめて見ました。これまでにも、どこかで目にしていたのかもしれませんが、杏の花だと意識してながめたのは、去年がはじめてでした。杏の木があたり一面に植えられたところへ、案内されたのです。山すその起伏のある土地で、梅とも桃ともちがった、うすべに色の花が雲のように群がり、天上とも地上ともつかない幻のなかへ迷いこんだ気分でした」

「ご旅行でいらしたんですか？」

「実はあなたのお兄さんに、すすめられて出かけたのです。桜ばかりが春の花ではない。杏のほうが、ずっと味わいがある、と声を強めておっしゃるのです。ご実家に弟さんがいることもうかがっていましたが、せわしない旅でもあって、お立ちよりできませんでした。今晩、こうしてお逢いできて、さいわいです」

ひとりっ子として育った鳥貝は、弟ができる可能性を考えたことはあっても、兄についてはなんのイメージも持っていなかった。もし兄がいるとすれば、年齢的には、この寮で出逢った面々とおなじぐらいのものだろう。彼らにたいして、自分がいかに子どもかを考えるとき、鳥貝は兄のたのもしさを思うより、弱者としての立場を憂えてしまう。

彼は話題を転じることにした。とうとつに、お宅の仔犬たちは大きくなりましたか、ときいた。それからしばらく犬のことが語られた。鳥貝は、実は犬が苦手だった。それなのに話題にしたのは、たんに彼の席からながめられる居間の飾り戸棚のなかに、陶器の犬のオブジェがあったからだ。

鳥貝の実家はひろい敷地を持っているにもかかわらず、昔も今も飼い犬はいない。野鳥をおどすと思いこんでいた祖母が、犬を飼うことに反対したのだ。

紳士は鳥貝の兄が犬でも猫でもとてもよく可愛がる話をした。

「兄は、あなたと長いおつきあいになるのでしょうか?」

「つきあいというより、仕事の手伝いをしてくださっています。私は個人向けの住宅の設計をする事務所を営んでいるものですから。あなたのお兄さんは、若い人にはめずらしく、鉛筆で図面を引くのが得意なのです。個人宅の設計では、今でも手書きの図面が好まれます。不思議とそのほうが、イメージをつかみやすいと、お客さまがおっしゃるのです。それに、お兄さんは手さきが器用です。模型づくりもたいへん早い。あなたも模型づくりはお好きですか?（鳥貝は、うなずいた）むろん、そうでしょうね。私はかつて建築科で教えていたのですが、学生たちは、みんな相当の模型マニアでしたよ。お兄さんも教え子のひとりで、アルバイトとして私の事務所で働いてくださっているのです。社員なみに、仕事をこなしてくれます。ユニークなアイディアも提案してくれますよ」

「兄は、子どものころから落ちつきはらった人でした。それでいて、ひそかに情熱を育んでいるような」

それは鳥貝が、自分に欠けていると思う要素だった。だから彼は、架空の兄にそれを持たせてみた。

「まさに、そうですね。理性的でありつつ、情熱的でもある。口数は多くないけれども、その身のふるまいかただけで、人をなっとくさせる力があります。二十歳そこそこの学生なのに、思考や言動においてはもう、ひとかどの男であると云えますね。あなたがたご兄弟は、お父さまをはやく亡くされているからでしょう。お兄さんは、あなたにとっては父親的な面もあったのではないですか？　子どものころの、五つちがいは、ずいぶん大きな差に思えますよね？」

「……ええ、とても」

兄の人物像が具体的になるにつれ、目ざすべきモデルを思い浮かべずに、兄の話をつづける限界を、鳥貝は感じはじめていた。きょう、次々に彼の前にあらわれた寮生のだれかを仮の兄とするなら、いったいだれが理想的であるかを考えてみる。その思考にとらわれていたとき、声がかかった。

「ところで、ご婚約おめでとうございます。お兄さんと同居なさらない理由が、やっとわかりました」

「……え？」

不意打ちだった。うろたえたら負けのゲームなのに、鳥貝はあっさり驚きの声をあげてしまった。しかも、彼はそのときまで、指輪の存在を忘れはてていた。左手の薬指にはめている。そこがちょうどよかったのだ。玄関さきで受けとらされたティッシュにまぎれていた指輪である。

いったんはデニムのポケットにティッシュごと押しこんだのだが、料理の下ごしらえの最中に、ゴミとまちがえて捨ててしまいそうになり、とりだして指にはめたのだった。あの男のことだから、失くせば文句を云ってくるような気がして、用心のためにそうしたのだ。恨めしい気持ちになったが、どのみちこのゲームは勝つ見こみがなかった。

鳥貝は負けをみとめ、終了を申しでた。紳士もそれにうなずいた。ちょうど、皿の料理もかたづいたところだった。鳥貝はコーヒーの用意があることを伝え、中座して台所へ食器をさげにいった。

コーヒー豆は、これから夕食を摂ろうとして食堂にいた白熊から買った。鳥貝が食器を洗うあいだに、ネルドリップでいれてくれたうえ、二杯分で五十円にまけてくれた。だから、鳥貝は紳士がコーヒー代をはらおうとするのを辞退した。

テーブルへもどるまえ、彼は流しで石鹸や油をぬりこんで指輪をぬこうとしたが、ぬけなかった。絆創膏をはってかくすことにした。

「……はじめての、なにをおうかがいしようかと考えていたのです」

紳士のそのことばで、鳥貝はゲームの最初に賭けをしたことを思いだした。彼は、はじめての体験のいちいちを気にとめる性格ではなかったが、それでも、もともと記憶力はよかったので、子どものころのはじめての体験を、おぼえていることが多かった。

やがて紳士は、こう切りだした。

「はじめて海へ出かけたのは、おいくつのときでしたか?」

「たしか、小学校の四年のときに……」

家族で海水浴にでかけた。運悪く、嵐の日と重なった。台風ではなかったが、発達した低気圧が上空を通過していた。空は黒い雲におおわれ、波はうねり、風が逆巻き、雨がたたきつける悪天候のなか、海ぞいの道を車で走った。

ワイパーの意味さえないような激しい雨だった。それでも、午后は嵐がぬけてゆくという予報をあてにして、出発したのである。

予定よりずいぶん手前の、海辺のレストランで休息した。雨にけむる窓ごしに荒れくるう海をながめつつ、シーフードカレーを食べた。ほんとうは、海の家で磯焼きを味わうはずだった。風雨がはげしく、昼までに目的地へたどりつけなかったのだ。

旅行を計画した父が、悪天候のなかでハンドルをにぎる重責のため、たいそう疲れきった顔をしていたのを、鳥貝は今でも思いだす。

それでも、午后遅くなって予報どおり嵐はおさまり、日暮れまぎわには晴れまものぞいた。宿の駐車場へついたところだった。風に吹かれて切れ切れになった夕まぐれの雲のあいだに、短かい虹があらわれた。灰青色の雲のあいだで、上下をざっくりと切ったような断片でしかない虹だったが、色はあざやかだった。

コーラルピンクとマンダリンオレンジの蛍光をおびていた。それはどんな虹よりも、鳥貝の心象のアルバムにくっきりと灼きついている。まぶたを閉じれば、いつでもその虹が見える。……彼はそんな話をした。

紳士はコーヒーを飲みおわり、ジャケットを手にして席をたった。

「たいへんおいしい料理でした。ごちそうさまでした。そのうえ、つまらないゲームにつきあってくださって、ありがとう」

「こちらこそ、気のきかない相手で、申し訳ありませんでした」

鳥貝は玄関まで見送った。別れぎわに、紳士は謎めいたことを口にした。

「これはある人に聞いた話なのですが、あなたは小学校へあがるまえに、海をごらんになったことがあるのですよ。その人の家へいく途中に見えるのです。でも、きっとお忘れでしょうね？」

鳥貝は紳士を見送ったのち、首をかしげながら台所へもどった。（ある人とはだれのことだろう？　紳士はまだゲームをつづけていたのだろうか？）

海岸から遠くはなれた内陸部の町で育った鳥貝は、紳士に語った家族旅行のさい、はじめてほんものの海を目にした。だからこそ、海は荒々しいものとして彼の印象にのこったのだし、好んで海に向かわない理由にもなっていた。彼は海で泳ぐかわりに、川や湖でまにあわせた。

小学校へあがる以前に、海を見たおぼえはなかった。あるとすれば、それは夢のなかのできごとだった。

午后十一時

かたづけをすませた鳥貝は、多飛本の帰りを待っていた。面接の結果がどうなっているのかを、今晩じゅうに知りたかったのだ。人づきあいの趣味を異にする住人がいるこの寮での暮らしは、鳥貝にとって現実的ではないにしても、きょうの午前中に保留にしておいた二つの部屋が、あいにく両方ともふさがってしまった以上、さしあたって雨つゆをしのぐ場所は、ほかにない。

紳士とコーヒーを飲んでいたあいだに、白熊は食事を終えて部屋へひきあげていた。かわって食堂にいたのは、時屋と安羅だった。紳士とのゲームに集中していた鳥貝は、彼らの帰宅に気づかなかった。

そのふたりにたいして、ひるま顔をあわせたときに寮生だと打ちあけてくれなかったことを、鳥貝はそれとなく抗議した。

ふたりとも「うっかりしていたんだ。きかれなかったしね」とすましている。夕食をたいらげた彼らは、うまかった、と合格点をあたえてくれて、手ばやく食器のあとかたづけをすませ、居間へ向かった。

「きみも、来れば」

安羅にうながされ、鳥貝も彼らのあとへつづいた。玄関ホールとはキャビネットで仕切られている。ここには、さきほど鳥貝と紳士が食事をした丸テーブルのほかに、三人がけやひじかけつきのソファがあり、寮生たちが好みのスタイルでくつろげるようになっている。

仕切り壁をかねたキャビネットの上半分の背板はガラス製で素通しになるが、室内の照明がひかえめなうえに、なかにおさまった酒瓶やリキュールグラスなどの、こまやかな細工のひとつひとつが乱反射してかがやきを放つので、キャビネット全体がまばゆい光をまとっているようだった。

居間の床は、廊下よりも三段分ほどほりさげてある。そのぶん天井が高くかんじられた。ソファに腰かければ、吊り灯が真上でかがやく。大きくて丸い電灯と、その周囲にならんだ小さな丸い電灯の組みあわせだった。

奥まった壁には暖炉があるが、それはかたちだけで、かつては薪をくべていたかもしれない炉のなかに、今はヒーターがおさまっている。

鳥貝はあいていたソファのすみに腰かけた。アイリスをモチーフにした古風な布が張ってある。かしこまってすわる鳥貝に、

「もっと、楽にしていいよ。足をのせたってかまわない。そんなふうに四角くなっていたら、肩がこるだろう」と、安羅がクッションを投げてよこした。

時屋は軽い休息ののち、落ちつくまもなく深夜のアルバイトに出かけていった。昼間とはべつの服に着がえている。黒の無地だが、ステッチに光沢のある糸をつかったシャツだった。

「深夜営業の画廊があって、彼はそこの受付をしてるんだよ」

時屋の背中を見送りながら、安羅が云う。

「紺か黒の服を着て、メガネをかけた堅物の学生って顔でストイックにふるまう。服のコードを正しく設定すると、あの遊び人の時屋でも、それっぽく見えるんだ。いっさい笑わないようにしているらしい。やってくるのは、愛嬌をふりまいて媚を売るのが商売の連中がほとんどだから、笑わない男は、それだけで魅力なんだ。奥に画商がいて、作品を購入したいといえばそこへ通される。コーヒーをいれたり、お茶うけをだしたりするのも受付の仕事だ。そうすると手首から先が目立つから、やつはそこを念入りに手入れしてる。爪をととのえたり、保湿ローションをぬりこんだり、手タレなみさ」

「テタレ？」

「手と指先を専門とするモデルのことだよ。腕時計やカフスの広告では、手首からさきだけがクローズアップされるだろう？　あれさ。時屋は手を見せるだけでも、けっこう釣れると云っている。そのうえ、本体も活動的だから、ある意味では始末が悪い。

……で、鳥貝のそれは、どうしたんだ？　もしかして、料理中にケガしたのか？」

鳥貝は絆創膏をなるべくかくしていたのだが、やはりみつけられてしまったのだった。彼は軽いやけどだと云いのがれ、話題をもとへもどした。

「画廊が深夜だけ営業するのは、それなりの絵をあつかうからですよね？」

「絵じゃなくて、写真だよ。エロティックでファンタスティックな。しかも、おそろしく高いのを、毎晩、じゃんじゃん売る。時屋もそうとう貢献してるんじゃないかな」

「……貢献？」

「即日、お届けサービスつきってこと。堅物を落としたいという願望を、ある種の女性たちは持っているんだ。時屋のあれは、そういう顧客用のパフォーマンスなのさ。文字がぎっしりつまった本を四六時中読んでいる、学問一筋の男だと思わせるためのといっても、純情なふりはしない。相手は海千山千の女たちだから、坊やと遊びたいわけじゃない。興味がないってそぶりが効く。やつは哲だったのに、そこを一年でやめて物理屋になったんだよ。底の知れない男だろう？　韜晦と晦渋の世界を出て、渾沌と瞑想の領域に転じたってわけさ」

「トウカイとカイジュウ？」

鳥貝のあたまのなかを連想したらしい安羅は、軽快に笑い声をたてた。

「鳥貝はいくつだっけ？　現役合格だよな。十八か？」

「まだ十七です」

「もしかして、三月生まれ？」

鳥貝はうなずいた。

「うらやましいな。若くて」

「どうせ、子どもですから」

「子どもでけっこうじゃないか。生きいそぐことはないさ」

二十歳をいくらも越えていないはずの男がそんなことを云う。だが多飛本は云うにおよばず、安羅も時屋も、わずかな歳の差しかないとは思えないくらい、鳥貝にくらべ、はるかにおとなびていた。二、三年後になっても、自分が彼らのような学生になれないのは確実だと、鳥貝は思った。

キャビネットのなかをのぞきこんでいた安羅は、植物めいた飾り枠のある扉をあけて、琥珀色の液体がはいった酒瓶をとりだした。

「ここのは好きに飲んでいいことになっているんだけど、鳥貝はあと二年はおあずけだな。失礼して、ひとりで飲ませてもらってもかまわないかな?」

「どうぞ」

と云う、鳥貝の声にはすこしすねた調子があった。とうていモラリストとは思えない男が、わざわざ未成年の飲酒をいましめるのは、鳥貝を子どもあつかいするためにほかならない。そんな不満をなだめるかのように、安羅は笑みを浮かべた。

「……思うに、ブランデーをふくませたスイーツまでひかえることはないよな」

酒をついだグラスを手にして、安羅はもとのソファへもどらずに鳥貝のとなりへすわった。グラスに口をつけ、それを離す。そのしぐさの意味を悟るのが一瞬おくれた鳥貝は、立ちあがろうとしたところを安羅に引きもどされた。顔と顔がちかづく。安羅を突きとばさないかぎり、鳥貝には逃れるすべがなかった。背もたれに、めいっぱい寄りかかった。もうあとがない。ところが、ふれる寸前で、安羅の唇は鳥貝の耳もとへそれた。そこで、ささやく。

「アイスクリームに極上のブランデーをふりかけるとうまいんだ。ちょっとかたくなったパウンドケーキでも。どっちがいい？」

「……アイスクリーム」

鳥貝の意識はどこか遠くへ飛んでいた。安羅は笑いながら立ちあがる。

「了解。可愛い子を、どぎまぎさせるのはなんて楽しいんだろう」などと云いつつ、台所へゆく。吊り灯のやわらかい光のなかで、鳥貝はほほをかすめた息づかいのなごりに、うろたえていた。一瞬にしろ、ふれてもいいと思った愚かさにたいして。

安羅はアイスクリームを盛った器をトレイにのせてもどった。そこへ、瓶をかたむけてブランデーをふりかける。

「どうぞ」

スプーンがさしだされ、鳥貝はそれを受けとった。アイスクリームをすくって口へはこんだ。彼のなかで、凝りかたまっていたなにかが、ほぐれてゆく。小さくためいきをついた。子どもであることが、もどかしい。そういう嘆息だった。

「疲れたなら、あいてるベッドで寝ていいよ。泊まっていくだろ？」

「……帰ります。荷物を駅のロッカーにおいてきたから」

「あしたまでおいておけ。もう外は暗いぞ。夜道のひとり歩きはやめたほうがいい」

「みなさん、出かけてるじゃないですか」

鳥貝は、いくぶんむきになって云った。

「そりゃ、やつらは身を守る術を心得ているからさ」

「おれには、それがないと？」

「見たところ、とほうもなく無防備だ」

云ったとたんに安羅の腕がのびて、鳥貝のからだに巻きついた。アイスクリームの器とスプーンで両手がふさがっていた鳥貝は、それをしりぞけることができなかった。

安羅は笑い声になって、鳥貝からはなれた。

「そういうわけだから、泊まっていけ。どのみち、正式に契約するんだろう？」

「多飛本さんに、面接の結果がどうだったのかを聞かされていないんです」

「気にくわないやつに料理なんかつくらせないよ。台所はあの人の聖域なんだから。味にうるさくて、片づけでもこまごまと指図するっていう意味でだけどさ」

「多飛本さんは、今夜の料理を食べていないから、好みにあうかどうかはまだ……」

「うまかったよ。おれが云っても励みにはならないんだろうけど」

「そんなことはありません。……そうじゃなくて、おれ、ここでちゃんとやっていけるかどうか自信がないんです。……みなさんは、これまでの知りあいとは、あまりにもかけはなれていて。田舎育ちだから、よけいにそう思うのかもしれませんけど」

「はっきり云ってかまわないさ。その趣味はない……んだろ？　それぐらい、はじめからわかってるよ」

だったらなぜ、と口にはださなかったが、目で訴えた。安羅は鷹揚《おうよう》にそれを受けとめた。

「個人の意志は尊重されるから、安心しろ」

これが「尊重」なのかとあきれるが、鳥貝はなぜか云いかえす気にはならなかった。

安羅は、もともとすわっていたひじかけつきのソファへもどった。

「それとも、ほかに不安材料があるのかな」

鳥貝は、玄関さきで出逢った人物のことを考えていた。歓迎されていないと直感した。あの人物がすでに寮を出たことは白熊から聞いている。卒業でもないのに、寮を出た理由が気になった。だが、口にしたのはべつのことだ。

「どうしておれに、白いひつじをよこしたんですか？」

「え？　多飛本への目印だよ。そう云ったじゃないか」

「白のほかにも、色があると聞きました」

「ああ、それか。たんに、鳥貝がつかうことになっている部屋のシンボルカラーが白だからさ。部屋ごとに基調になるモチーフと色がきまっていて、それで家具でもファブリックでも、どこの部屋のものかわかるようになっているんだ。説明されなかったか？」

「聞いていません」

「もしかして、それで悩んでた？」

「多飛本さんは、ゾーンをあらわす色だと云うだけでくわしくは教えてくれませんでした。白熊さんは、色の道の領域だと教えてくれましたが、具体的にはなにも話してくれませんでした」

安羅はいたわるような笑みになる。鳥貝はまたもや小さな子どもの気分にさせられた。

「多飛本は頭のいい男の常で、説明が好きじゃない。白熊は、話をややこしくするのが趣味なんだ」

「二月までは、百合子さんがその部屋にいらしたんですよね。どうして卒業でもないのに寮を出たんですか？」

「百合子？　やつに逢ったのか？」

「玄関さきで、……すれちがっただけですけど」

　鳥貝は何度目かのうそをついた。

「ふうん、百合子が来たのか。春のばかども（街なかで、さかりがついた猫みたいに浮かれてる若造のことだよ）が消えうせるまで都落ちだとか云って、二週間ほどまえだったか、旅に出たんだ。寮はそのまえに出てたけど。……で、やつに、なにかされた？」

　安羅は聞きだすのがうまい。切り返すタイミングが絶妙なのだ。鳥貝は迷うよりさきに……キス、とこたえていた。

　安羅はグラスを口にもってゆくのをやめて、笑った。

「手の早い男だな。……で、どうだった？」

「どうって？　感想なんてあるわけがない。キスなんてするつもりも予定もなかったから、おどろいただけです」

「じゃあ、よかったんだな。あれはキスのうまい男だから」

「……じゃあって、なんですか？　よかったとは云ってませんよ」

「ふつうは怒るだろ？　初対面で、ろくに素性もわからないやつに、いきなりキスされたらさ。しかも鳥貝は、自分でその趣味はないと思いこんでいるんだし。なのに、おどろいた、なんて云ってるのは惚れたからだよ。少なくとも、許したのはたしかだ。

殴り返さなかったんだから」

「思いこみじゃありません。同性を好きになるなんてこと、今まで考えもしなかった」

「今から考えてみればいい。人生はまだたっぷりある」

「そういう問題なんですか？」

「人間ってのは、けっこういいかげんな生きものだからね、自分のことをよく知らずに暮らしているものなんだ。他人のほうがわかることもある」

「百合子さんには、学友クラブで安羅さんに一目惚れしただろうと云われました。だから、あっさりかつがれて、ここへ来たんだって」

「へえ、そうだったんだ。惜しかったな。クラブで逢ったときに、遠慮なく一番のりしておけばよかった。二番手ほど、まぬけなものはないもんな」

「男の人とは一度でたくさんです。……おれは、キスをするなら女の人がいい」

「きょうのところは、その意見に耳をかすとしよう。ほかの連中にもそう云っておく。だけど、もし気が変わったら、そのときこそ、真っ先に声をかけてくれ」

　安羅はまともな話をしているような顔で、平然とそれを云う。もはや寮生たちの正体はうたがいようもなかったが、偏見を持ちたくないという常識的な判断で、鳥貝はそれを聞きながらがした。

「多飛本さんは、何時ごろもどってくると思いますか？」

「待ってなくていいよ。いつになるかわからないんだ。朝食のときに話をすればいいさ。あの人は何時に帰っても、朝はちゃんと六時半には起きてる」

安羅はキャビネットのひきだしをあけて、そこにあった鍵をとりだした。

「空き部屋があるんだから、遠慮なく泊まっていけ。部屋のなかの、鍵がかかっていないところにあるものは、タオルでもパジャマでも好きにつかっていい。歯ブラシも石鹸も未使用のストックがある。ただ、朝になったらベッドリネンやタオルは洗濯室へはこんでおいてくれ。今週は白熊が洗濯当番なんだ。外来のぶんは別料金だけど、今夜はサービスで供託金から出しておくから気にするな」

鍵には「6」の番号を刻んだ金属のプレートがついている。鳥貝は鍵をうけとった。正直なところ、なれないことの連続で気持ちもからだも疲れていた。意識をまとめる集中力もおとろえている。

安羅のことばにしたがい、あたえられた部屋で休むことにした。あいさつをかわし、アイスクリームの器をかたづけて、彼は部屋へむかった。玄関ホールの柱時計が午后十一時の鐘を小さく鳴らした。

各部屋の扉には、鍵のプレートに刻まれたのと同じ書体の金属の切り抜き数字をとりつけてある。その番号をたどった。部屋が五つなのに番号が「6」なのは、縁起をかついで四号室がないからだと、安羅に教えられた。

朝食は、白熊と安羅と多飛本がたべることになっている。早朝にパンを焼くという白熊は午后九時にはもう部屋へひきあげていた。鳥貝は白熊の部屋と思われる「3」の数字が浮きだした扉のまえを、ことさら足音をしのばせて通りすぎた。やがて「6」の扉をみつけ、鍵をさしこんだ。

六号室

扉をはいってすぐ左手の壁に灯のスウィッチがあるとおしえられ、鳥貝はそのとおりに灯をつけた。後ろ手に扉をしめ、しばしそこへとどまった。家具つきだと聞いていた。だから、ベッドや机や戸棚がおかれていることは予想していたが、ホテル仕様の画一的な品々で統一された部屋ともまたちがって、ぬくもりが感じられた。サイドテーブルのクロスや、クッションやベッドカバーといったものに、洗濯してもぬぐわれない持ち主の気配や、流れた時間があらわれている。

その痕跡が、予想していたよりも濃密であることに、鳥貝はいくぶんとまどいをおぼえた。人の上着をまちがってはおったときのように、体温を意識する。あるいは、友だちの家へはじめて遊びに行ったときにも似ている。意外なものばかりが目につき、気になってしかたがない。しかしジロジロ見まわすのは、さすがにはばかられた。

空き室ときいて、油断していた面もある。むろん、それらの痕跡は安羅が先ほど説明したような、白を基調としたものではなく、むろんひつじを連想させるものなど、どこにもありはしなかった。またしても、鳥貝は体よくはぐらかされたのだった。

だが、なにより彼がおどろいたのは、ベッドのサイズが、とほうもなく大きいことだった。ダブルベッドなのだ。子どもなら、そのスペースだけでじゅうぶん遊べそうなひろさである。

書棚には年代ものらしい装幀の本が何冊かならんでいる。学校の図書館の上段にならんでいる本とおなじで、時間の堆積物としてそこにある。最近のものと思われる建築関係の本もある。百合子が残していった本なのか、この部屋のもともとの付属品なのかはわからない。

ためしに机のひきだしをあけてみたところ、あたりまえではあるが空っぽだった。鳥貝はなんだかほっとした。だれかの痕跡をみつけたら、とほうに暮れただろう。

小ひきだしのいくつかは、鍵がかかっていた。彼はつぎに、壁につくりつけられたクローゼットをあけてみた。なかはがらんとしていたが、すこしはなれたところにもうひとつあるクローゼットは扉がひらかなかった。

　安羅の云ったとおり、鍵のかかったところと、ひらくところがある。今は空き室なので、管理する都合だろう。鳥貝はそう理解して、なるべくさわらないようにした。浴室とトイレもついている。洗濯ずみの、ほのかな香料がしみこんだバスローブとタオルがおいてあった。ホテルのようだ。石鹸の紙包みの横文字はロータスと読めたが、それがブランドの名なのか香を意味するのかは、彼にはわからなかった。ラベルには白い鳥があつまったようにみえる花が描かれていた。なつかしい気持ちになる古風な匂いがした。

　コックを動かしてシャワーの温水が出ることをたしかめて裸になる。鳥貝はかんたんにシャワーをあび、腰タオルで浴室をでた。湯船にはつからなかった。寮のなかは集中暖房の設備があるらしく、それほど寒さをかんじない。湯たんぽも必要なかった。

　休息モードになったとたん、鳥貝は強い睡魔にとらわれた。キャビネットのなかにパジャマをみつけ、それを着てベッドへもぐりこんだ。からだは横になるのを待ちかねていたかのように、たちまち緊張から解きはなたれた。手足はただ重いかたまりと化して、持ちあげるのも困難になる。まぶたを閉じるまえに、かろうじて携帯電話のアラームをセットした。

朝食は七時半と多飛本に云われていたので、二時間の余裕をみて五時半に起きるつもりだ。鳥貝は枕がかわると眠れないというほど神経質ではない。まもなく眠りに落ちた。だから、かたわらの気配で目をさましたとき、彼は夢を見ているのだと思った。すぐそばに何者かがいる。

ぬくもりに気づいて、あらためて飛び起きた。その後は逃げるようにベッドからすべりおりた。得体の知れない生きものを連想したのだ。扉まで後ずさりしながら、ベッドからは目をそらさなかった。さっきまでかぶっていた布団は、まだそこに何かがひそんでいるかのようなふくらみを示している。

その布団がとつぜん、めくれあがった。鳥貝ははっとして息をのみ、そのまま動けなくなった。

「……あのさ」

人間の男の声だった。鳥貝はそれですこし冷静さをとりもどしたが、こんどは泥棒のたぐいをうたがった。身を守る道具をもとめて、視線はベッドにすえたまま、後ろ手にあたりをさぐった。投げつけるのにちょうどよい分厚い本でもあればと思っている。眠るまえにおぼろげにみた室内の、たしか書棚があったと記憶している場所へ後ろむきのままちかづいた。

「もしかして、ばけものだとでも思ってる？　それとも泥棒に見えるか？」

どこかで聞きおぼえのある声だと感じた。声というより口ぶりだ。なれなれしく、好ましくない人物の……。

　室内は暗やみというわけではない。窓のあたりが、うっすらとあかるかった。月あかりではなく、都会の夜天が闇にならないせいだ。目がなれるにつれて、何者かが、ベッドのうえで起きあがっているのが見えた。鳥貝は、背中にまわした手で硬い表装の本をつかんでいたが、そのさきどうするかは、考えていなかった。

「投げるつもりなら、窓ガラスに気をつけろよ。このガラスは特注品で、いささか値がはるんだ。割れたら、家主は弁償しろと云ってくるだろうな」

からかうような調子の声だ。鳥貝は、本を手ばなした。相手がだれかを、完全に悟ったのだ。彼が思いとどまったのをうけて、声の主はかすかに笑い声をもらした。

「あんた、多飛本と面接したと云っていた人だろ？　この部屋で寝てるってことは、契約の条件をのんだってことか？」

「条件？」

「料理人を兼任すれば、ほんとうなら家賃九万円のところを破格の三万円にするという話だよ。……ま、素人の料理に六万円の価値をみとめるんだから、いかに毎晩のことでも、悪い話じゃない。土日は休みだし、泣かされるうちに腕もよくなるだろうし」

鳥貝は、コーヒーショップで時屋に聞かされたことばを思いだした。料理人を泣かすのを趣味にする人間はふたりいる、と彼は云ったのだった。多飛本がそのひとりだとすると、この人物が、もうひとりなのだ。

そもそもの最初から、鳥貝には親しみにくい相手だった。交わすことばが、すこしずつすれちがい、いつしかすっかりかみ合わないものになる。模型をつくるときに、はじめに見落としたほんの小さなすきまのせいで、できあがりが歪んでしまうのと似ていた。

たった今、聞かされた条件は、鳥貝が承知していたものとちがっている。

「家賃は一万円だと聞いています」

「それは料理人をひきうけ、さらに、だれかと部屋をシェアした場合だ。常識で考えろ。この部屋全部を一万円で貸す家主がどこにいる？　この部屋はさっきも云ったように、ほんとうは九万円だが、ある条件のもとでなら三万円になる。さらに、それをだれかとシェアすれば、月額一万円ですむってことさ。つまり多飛本が提示したのは、すべての条件をみたした場合の家賃であって、どれかが欠けていれば、それなりに加算されるってことだ」

「シェアとおっしゃいますが、ここは空き室のはずです」

「だって、多飛本はゾーンの話をしたんだろう？」

鳥貝は、はっとする。ゾーンのことはたしかに説明を受けた。ただし、その意味するところは理解できなかった。今、ほのめかされた事実をふまえて考えるならば、家賃はゾーンによって異なるらしかった。

「……つまり、一万円で貸しだされるのは部屋ではなく、指定の空間だということですか？」

「そういうこと」

「ひつじの色は、ゾーンによって変わるんですね？」

「そうだ。……で、白いひつじはシェアする相手の都合で、そのつど変わる不安定なゾーンを有するという意味だ。黒はあらかじめきめられたゾーンを優先的に使用できる。シルバーは希望するゾーンを優先的に使用できるだけでなく、シェアする相手にたいして、いつでもゾーンの変更を要求できる。ゴールドはおなじくゾーンの変更を強制できる。グレーはシェアする相手とすべてを共有し、あえてゾーン分けをしない」

「……あなたは、百合子さんですよね。二月いっぱいで退寮なさったのではないんですか？」

「出てないよ。だれがそう云った？」

「……白熊さんです」

「へえ、信じたんだ。根拠もないのに」

ほかの四人の寮生たちとはちがい、百合子は新入りを歓迎しない態度だった。個人的に鳥貝が気にいらないのか、人づきあいが悪いのかはわからない。

「すると、あなたはだれかと部屋をシェアすることは不承知なんですね？」

「承知も不承知もない。家賃を滞納しているから、ここへとどまるには、どうしたってそうなるんだよ。事情があって、一部しか支払えなくなったんだ」

「それなら、あなたが料理人になれば、部屋をシェアせずにすんだはずです」

「おれは料理なんかできないさ。今まで一度だってしたことがないんだ。当番はいつも、だれかにかわってもらった。むろん、ただじゃない。なにかしらの方法で等価交換をした結果だ。こんどのことは、多飛本の提案なんだよ。当番制もそれぞれの授業やアルバイトの都合で負担になってきたから、このあたりで料理人をやとい、その人物にみんなのぶんのすべての食事をつくらせる。かわりにおれがそいつと部屋をシェアして、スペースの三分の二をあけわたす。それでどうだ、と云われて、承知したってわけさ。ところで、さっきも説明したとおり、白いひつじは指定されたゾーンを自動的に受けいれる立場だ。先住者の権限により、おれはこのベッドを三分の一とみなすことにしたんだ。実測よりかなり小さいんだから、文句は云わせない。だから、部屋代の六万円はあんたが料理をつくれば免除になるが、ここで寝るつもりなら、ベッド代として同居人に一万円を支払う。そういうわけだ」

「それじゃ、ベッドをつかわなければ、その一万円は、はらわなくていいんですね？」

「使用の有無とは関係ない。あくまで、ベッド代なんだ」

建築科の学生になるくらいだから、鳥貝も理数科目は得意なのだ。ただし小学校の算数はできなかった。あれは八割が国語能力の問題であって、数学ではない。数字や記号や図形なら、すんなり頭へ流れこんでくる彼も、文章を理解するのは苦手で、国語力は長いあいだ小学生なみにとどまっていた。主語と述語のあいだに副詞がはさまっていると混乱し、比喩や暗喩や引用や仮定がふくまれたとたん、もうお手あげだった。

実際、ミカンとリンゴとトマトでくだものの詰めあわせをつくり、何個と何個のセットがあり、合計がいくらのものといくらのものがあった場合、それぞれひとつの値段はいくらでしょう、という計算や、タナカさんは歩きで、スズキさんは自転車で、サトウさんはイヌをつれて駅までゆくのに、これこれの時間がかかったとすれば、タナカさんの家の二階に住んでいるタカハシさんが駅までゆくにはどのくらいの時間がかかるでしょう、というような小学生の算数が、鳥貝はまるでできなかったのだ。トマトはくだものではないから数にいれず、イヌをつれたサトウさんはようするに徒歩だからタナカさんとおなじで、タナカさんの二階にすむタカハシさんは、タナカさんと同じ出発点とみなされるので、タナカさんとサトウさんとタカハシさんの駅までの所要時間は自動的にひとしくなるという了解ごとが、どうしても理解できなかった。ひっかけの手口にいつもまんまとひっかかり、なやんでいるうちに時間切れになった。

今でこそ小説も読めるが、筋を理解しているかどうかはかなりあやしい。思わせぶりな云いまわしや、もってまわった表現で暗示されたものを読み解くことが、鳥貝は苦手だ。

主人公が当初はいがみあっていた人物と(おおかたの予想どおりに)結ばれるのも、彼にとってはミステリーであり、複雑な人間模様のなかでの、かけひきやあてこすりは、説明されなければそれとは気づかない。べつの云いかたをすれば、女のことばをほとんど理解できなかったのだが、むろん鳥貝自身はそのことに気づいていなかった。

鳥貝の混乱をよそに、まだ正式に名乗りあってもいないこの人物は、話はすんだとばかりに布団をかぶって横になった。

「自己紹介くらい、しませんか？」

「ひるま、すませただろ」

「あなたは、おれの名前を知らないはずです。ひるまは名乗らなかったから」

「じゃあ、はやく来いよ」

「ベッドにですか？」

「愛しあうとは云ってない。それとも期待してんの？　そんなに自意識過剰だと、これからの人生、つらいぜ」

この不愉快な人物と鳥貝との歳の差は、多くても三つというところなのだが、なにを云っても子どもあつかいで、相手の思うさまにあしらわれてしまう。おなじ子どもあつかいでも、安羅や多飛本や時屋とはまるでちがった。はじめから親切だった白熊はむろん、ほかの人々にも、年少者への配慮があった。

ところが、この男にはそんな思いやりのかけらもない。鳥貝が部屋をシェアすることになったのは、寮生のなかでも最悪の人物だった。

自己紹介など無意味である。どうせ、鳥貝が名乗ったところで、相手がそれをおぼえるとも思えなかったし、実際そんな必要を感じていないだろう。あんた、でまにあわせるにきまっている。

この部屋には、ベッドのほかにソファがある。鳥貝はパジャマのうえにダッフルコートを着こみ、それが子どもじみたデザインであることを今さら苦々しく思いながら、ソファのところへいって横になった。

まぶたを閉じたものの、不毛なやりとりをしたせいか、疲れているのに頭が冴えて眠れない。気やすめに、朝食のことを考えた。オムレツのほかに、なにかしらの、つけあわせは必要だ。ベーコンかハムが冷凍庫にあるかどうかを確認しておくのをわすれた。

蒸し野菜をそえて、玉ねぎがのこっているから、それでオニオンスープ（実際につくったことはないが、なんとかなるだろうと思いつつ）をつくってもいい。そんなふうに献立のことを考えていたところへ、なにかがぶつかった。枕だった。まぶたをあけた鳥貝を見おろすようにして、あの人物がたたずんでいた。うす闇で、はっきりとはわからないが、裸だった。

「……どけ。おれがそこに寝る。あんたはベッドをつかえよ」

いまさら、という気がして腹立たしく、ふたたびまぶたを閉じて、おかまいなく、とこたえた。するとこんどは、パジャマの胸ぐらをつかまれた。

「いいから、どけ。さっきの話はでたらめだ。あんたがはらう一万円はまさにベッド代で、メシ炊きもできず、二万円しかはらえないおれには、ベッドで寝る権利はないんだ」

ソファを追いだされた鳥貝は、憤然としてベッドへむかった。その背中ごしに、……悪かった、と聞こえた。ふりかえったときには、すでに毛布にくるまって眠る身勝手な人物の姿を目にしただけだった。

鳥貝はベッドへもぐってすぐ眠りについた。自分で思っていた以上に、きょう一日のできごとに疲れはてていた。眠ったとわかったのは、むろん目をさましたときだ。部屋のなかは、まだ暗かった。

耳なれない音を聞いた。はじめは、うめき声だと思った。くぐもった声である。そのうち、しのび泣く声なのだと思いあたった。ソファにいる人物が、うずくまって頭から毛布をかぶり、肩をふるわせて泣いているのだった。

とことん、人迷惑な同居人である。先にみせた横柄で高飛車な態度とはそぐわないふるまいだ。鳥貝には関係のないことだとわかっていても、耳はそれを聞きとってしまう。鳥貝もまた布団を頭からかぶり、ふたたび眠りへと導かれるのを待ちのぞんだ。

そのときになって、返すはずの指輪をしたままであると気づき、うろたえた。シャワーをあびたときに、絆創膏をとってしまった。そのさいに、石鹸をなじませてはずそうとしたが、またもやどうしてもぬけなかった（血行のさまたげになるほどきついわけではない。だが、どうしたかげんか、ぬけないのだ）。

それを、すっかりわすれていた。今、ソファでしのび泣いている人物の持ちものである。暗がりのなかで、相手がその指輪に気づいたかどうかはわからない。鳥貝はあらためて指輪をぬこうとしたが、なんとしてもぬけなかった。

朝食

アラームの音が鳴りひびく。鳥貝は目をさまし、起きあがって枕もとの灯をつけた。ソファに人影はない。昨夜、だれかがそこにいた気配もない。毛布もなかった。すべてが夢だったのではないかと思えるほど、なんの痕跡ものこされていなかった。

昨夜、部屋にはいるとき、自意識過剰になっていた鳥貝は、内側の補助錠までかけた。けさ、それはちゃんとかかったままで、こじあけた気配はない。

彼は浴室の洗面台で顔をあらい、タオルとバスローブをひとまとめにした。さらにベッドのシーツや枕カバーをはがして重ね、それをもって廊下へでた。

台所から、パンの焼ける香ばしいにおいがする。焼きあがるのを待つばかりといったようすで、白熊がコーヒーをのみながらくつろいでいた。鳥貝にもコーヒーをふるまってくれる。この季節の日の出はおそく、ようやく白々と明けてきたところだ。白熊はカーテンをあけて、台所の灯を消した。

「ぼくはこの青白いかんじが好きなんだ。よく眠れたかい?」

「……あまり。あんなひろいベッドははじめてで、落ちつかなくて」

「ひとり用じゃないからね」

あっさり云われ、鳥貝はひどくたじろいだ。なぜか、白熊を例の仲間と切りはなしていたのだ。白熊はつづけて、

「でも、ぼくみたいな体型で、しかも寝相が悪い者にとっては、具合がいいんだ」と笑った。

「どの部屋もダブルベッドなんですか？」

白熊はうなずいた。

「西洋かぶれの家主は、それが合理的だと思っているんだ。大は小を兼ねるというのかな。それに」

コーヒーのおかわりをついで、ひと口のんでから、おもむろにつけくわえた。

「西洋的な認識では、そもそもベッドを共有しない者がおなじ部屋で眠ることはありえない。共有しないなら、ベッドの数とは関係なく、はじめから別室だ。だから、かつては出張先でツインルームにふたりで泊まる日本人のビジネスマンが不思議がられたんだよ。雇い主公認なのか？　って。実は経費を節約してるだけなのに。さすがに今どきは、たとえ同僚でも性的傾向がおなじとはかぎらないと認識されているし、それを見分ける方法もないから、不要なトラブルを避けるという意味で日本人のビジネ

スマンでも各々シングルに泊まるか、ツインのシングルユースが常識になったけどね」

「……学生でも誤解されるんですか？」

「学生こそだよ。向こうの若い者は、金持ちの子弟でもよほどの愚か者でないかぎり、学生の分際でシティホテルになど泊まらない。簡易宿泊所でみんな仲良くするのさ。いろんな組み合わせをたのしみつつ。むろん、ひとりで寝たい者はひとりで寝る」

そんな白熊との話のあいだに、鳥貝は冷凍庫をのぞいて厚切りのハムをみつけた。それをオムレツに添えることにした。グラタン皿でつくるオムレツは冷めても、温めなおしがきく。

下ごしらえをしながら、契約のことについて白熊にたずねてみた。

「ほんとうの部屋代が九万円というのは、事実ですか？」

「うん、まちがいない。もっと高い部屋もあるよ。だけど、きのうも云ったように、きみは白いひつじで安羅も多飛本もそれを公認したなら、一万円でいいんだ」

「どうして、寮生である安羅さんや多飛本さんに、決定権があるんですか。ほかのみなさんはそれで納得しているんですか？」

「家主の意向で、そういうことになっているんだ。むろん、だれも文句を云わない」

「……百合子さんも？」

「ああ、彼に逢ったんだっけ。たしかに彼はひねくれたイメージだけど、実際はそうでもない。いいやつだよ。それに、もうこの寮を出てるしね」

……でも、と云おうとして、鳥貝はことばをのみこんだ。朝になったとき、百合子の姿はなかった。だから鳥貝は、あれが現実であったかどうか、確信がもてないのだ。百合子のふるまいや言動は、あまりにもふざけたものであったし、鍵も補助錠もかかっていた部屋にしのびこめるはずはない。街なかで目についただけの人物が、なぜか大活躍してしまう支離滅裂な夢のひとつだったのではないかと、鳥貝は思いはじめていた。

「きみは料理人としてはいるの？」

「無免許で、そんなことはできません。今回は臨時でひきうけただけです。寮の料理人だったら、調理士の免許が要るはずですよ」

「ここはべつに寮として届けているわけじゃないからいいんだよ。一軒家のあつかいなんだ。兄弟や親戚がいっしょに住んでいる家で、そのうちのだれかが料理を一手にひきうけているからって、保健所が監視するわけはないさ。家族の食事をつくるのに、資格なんて必要ないからね」

「……みなさんは、兄弟や親戚なんですか？」

口にしてから、鳥貝はばかなことをきいたと、悔やんだ。さいわい、白熊はどんな問いにも、まっとうに応じる人物だった。

「ぜんぜん。出身地もばらばらだし、親同士も他人だよ。だけど、不思議に馬があう。そういう仲間をえらんでいるからね。きみだって、居心地は悪くなかっただろう?」

彼らの趣味のことがなければ、すぐさま同意するのだったが、それは無理だった。

あいまいにうなずいて、朝食の準備にとりかかる。

「卵はね、鶏舎にいくつか生みたてのがあるよ。足りないぶんは、冷蔵庫のをつかえばいい。地元の農家のだから安全だよ。東京にも農家はあるんだ。このあたりはね、もともと田園地帯だったんだよ。そこの白い扉から出て(と、勝手口をさした)、右手のエゴノキの木立ちをまわりこんだところに鶏舎がある。左手の花が咲いているのは杏だ。以前、あの花を好きな男が住んでいて、どこからか手に入れてきて植樹したんだ。桜よりはやく咲くのがいいんだよ。鶏舎の鍵はそこのなかだ(と、こんどは勝手口のそばの棚をさした)。卵のかたちのプレートがついた鍵があるだろう? かごごと持ってゆくといいよ」

かごはあったが、鍵はなかった。

「ない? じゃあ、またたれかが鶏舎の戸口につけっぱなしなんだ。よく忘れるんだよ。あかなかったら合鍵をさがすよ。たいした鍵じゃなくて、ピンでもあくと思うけどね」

東の空にのぼったばかりの、まあたらしい朝日をいっぱいにあびた鶏舎だった。なかに人影があり、手袋をはめて、そうじをしていた。鳥貝はそれがだれかをすぐに見分けた。

百合子だ。やはり、昨夜のあれは、夢ではなかったのだ。白熊も安羅も、百合子はもう寮を出たと云ったのに、どうしたわけで鶏舎のそうじをしているのかは謎である。だが鳥貝も、この人物の行動を常識で理解するのはむりだと悟り、筋のとおる理屈をひねりだすのをやめにした。

それにしても、鶏舎のそうじなど、まるで不似合いな人物なのに、仕事ぶりはちゃんとしていた。歩きまわる鶏たちに声をかけつつ、軽くあしらっている。生きものの世話になれているのはまちがいない。

「……おはようございます」

「おはよう。卵なら、きょうは若い雌がひとつしか生んでないぜ。いちばん奥の敷き藁のなかにある」

昨夜のことなど、ただの思いすごしだ、と云いたげな、気安い口ぶりである。鳥貝は、とまどいつつもホッとして鶏舎にはいった。

鶏はぜんぶで五羽いる。白色のレグホンのほかに、茶いろの種類もまじっている。

まだ若そうな顔をしたチャボふうの雌が奥まったところにいる。ちかづくと、おびえたように走りだした。鳥貝の足もとをまわりこんで、戸口のほうへ逃げてゆく。鶏舎の外にいた百合子がすかさず戸をしめた。チャボが外へ逃げださないようにそうしたのだ。当然そう思った鳥貝の背後で、鍵のかかる音がした。

彼がふりかえったとき、百合子は背をむけて歩きはじめていた。鳥貝は戸口にかけよった。ロックされている。閉じこめられたのだった。百合子を呼びとめたが、聞こえないふりをする。肩ごしに、なにかを投げすて、門へとつづく小径へむかった。投げたのは、鍵にちがいない。一瞬、日に反射して草にまぎれた。百合子は鳥貝を閉じこめたことを、だれにも知らせず、そこから立ちさるつもりなのだ。

雌鶏たちは、白が二羽、茶が三羽だ。招かれざる客を遠巻きにしているが、迷惑そうなだけで、騒ぎたてはしない。鳥貝が鶏舎にむかったことを、白熊は知っている。もどってくるのが遅いと気づいてくれるよう願いつつ、鳥貝は鶏舎のすみにすわりこんだ。携帯電話は、デイパックのなかにおいてきてしまった。鶏たちは、じきに彼がいることになれたらしく、平気な顔ですぐそばを歩きまわった。

しばらくして、草を踏む足音がきこえた。けさはオフホワイトのプルオーバーを着た安羅が庭に姿をあらわした。からだをほぐすような動作をしながら台所のまえの芝草のあたりで立ちどまり、ストレッチをはじめた。鳥貝は、鶏舎の戸口にかけよって、呼びかけた。

「……安羅さん」

呼ばれた安羅は、はじめのうち的はずれの方角を見まわした。鶏舎だとは思いもよらなかったのだ。鳥貝がスチールの戸をカタカタと鳴らしたので、それでようやく鶏舎だと気づいた。

「こんなところで、なにしてるんだ？」

「……卵を採って、外へ出ようとしたら、あかなくて。風が吹いて戸がしまったはずみで、ロックされたのだと思います」

「だってこれ、南京錠だぜ。風でロックされるとは思えないけどな。だいいち、風も吹いていないし」

安羅が不思議がるのも当然だ。鳥貝はだまりこむしかなかった。

「……鍵は？」

「安羅さんの右横、三歩ぐらいのところです。閉じこめられてから、落としたことに気づいたんです」

ごまかしながら、鳥貝はべつの考えにとらわれていた。もし、百合子が鍵を投げ捨てて去らなければ、もっとやっかいなことになっていた。南京錠を壊すか、白熊がほのめかしたようにピンでこじあけるか、しなければならなかった。鍵を投げ捨てて去ったのは、百合子にも、すこしは鳥貝を憐れむ気持ちがあったからかもしれない。

鍵についての鳥貝の説明はあまりにも不自然だったが、安羅はよぶんなことを口にしない。鳥貝はその気づかいをありがたく思った。

戸がひらかれたとき、一羽のレグホンの雌が、鳥貝のひざにのっていた。雌鶏のほうで、勝手によってきたのだ。あたまのあたりをなでてやると、気持ちよさそうにまぶたを閉じた。

「おやおや、なついてるじゃないか。そいつは、大の気むずかし屋なのに。そのようすなら、いっしょに暮らせそうだな」

鳥貝は卵をいれたかごを手に、鶏舎の外へでた。安羅はレグホンの雌がいちばん古株で、本来は気が強くて攻撃的なのだという話をした。

「人の顔も見分けるから、初対面の鳥貝になつくのは、おどろきだよ。鳥貝は鳥飼いの意味なのかもな。ひょっとして、鳥飼《とりがい》の転訛なんじゃないか？」

「弔いにかかわる名字だときいたことがあります」

「特別なことじゃないさ。弔いに縁のない名字なんてないよ。そんなことを気にしてるの？　そもそも、文字というのは、死者を葬るために生まれたものだよ」

「……そうなんですか？」

「鳥貝は素直だな」

「ものを知らないだけです。……聞きながせばいいところで、いちいち反応してすみません。安羅さんが、せっかくなぐさめてくれているのに」

「そう云われると」

安羅に抱きよせられそうになって、鳥貝はあやうく逃れた。

「学習したな」

「ゆうべのきょうですから」

「それは手強い」

そうしているあいだに、どこからか七時の時報がきこえてきた。

「すぐに朝食の準備をします」

鳥貝は台所へもどり、オムレツを焼きはじめた。そんな予定ではなかったが、できたてを提供することになりそうだった。

採集した卵と市販品をまぜあわせた。ひとりぶんにつきひとつの卵でつくるカロリーオフのオムレツである。バターもクリームもつかわない。炒めた野菜を敷きつめた皿に、豆乳をくわえた卵液をながしこんでオーブントースターで焼くのだが、冷蔵庫に豆乳がなかったので、きょうのところは牛乳をつかうことにした。

朝食を待っているのは、安羅と白熊のふたりだった。彼らのぶんを焼き終わったところへ、ちょうどよく多飛本があらわれた。いつのまにか帰宅していたのだ。鳥貝はもの音すらきかなかった。

といっても、ゆうべの彼は百合子のしのび泣きにばかり気をとられていて、そのほかの音をききとる余裕などなかった。

グラタン皿の底には、炒めて冷凍しておいた玉ねぎを敷く。そこへボウルの卵液をながしこんで、オーブントースターで焼いた。卵が半熟になったら、できあがりである。つけあわせのハムに塩分があるので、ソースはかけない。

コーヒーは白熊がセットをしてくれたコーヒーメーカーにできている。それを各自でつぐのだが、多飛本はテーブルについて、紅茶がほしいな、とつぶやいた。

「また、わがままを云う」安羅がたしなめたが、鳥貝はもう戸棚をのぞいていた。オリーブグリーンと黒の缶がある。多飛本は黒のウバ茶をえらんだ。ポットに茶葉をいれて熱湯をつぎ、砂時計をセットした。そのあいだにカップをあたためる。窓ごしの杏の花が、ちょうど朝日をあびはじめた。

ツバメの声がする。きのうまでは、どこからもきこえてこなかった。この春に南からやってきた第一陣なのかもしれない。伴侶をもとめてか、到着を宣言しているのか、高らかにさえずっている。

鳥貝はその声に耳をかたむけるうち、ひさしく忘れていた古いできごとを、不意にはっきりと思いだした。

彼が四歳ぐらいのころだった。幼稚園で母の迎えを待っていた。雨のふる暗い日だった。ふだんの送迎は園のバスなのに、その日にかぎって鳥貝の母が車で迎えにくることになっていた。医者にゆくとか、親せきの家を訪ねるなどの用事があったのだろうが、鳥貝もこまかいことは忘れてしまった。空は雨雲におおわれ、まだ昼前だったのに、夕方のような薄やみだった。

母の車はなかなかあらわれず、鳥貝は窓辺で園庭をながめてすごした。ほかの子どもたちはみんな帰宅して、教室には彼のほかにだれもいない。教諭たちは、どこか遠くにいてかすかな話し声だけがしていた。

庭は水はけが悪い。朝からふりつづいた雨のせいで、水たまりができ、それが昼ちかくになって池のように大きくなった。その水面に雨がふりそそぎ、細い輪をたえまなく描きだした。ときおり風が吹きつけ、水の輪ごと水たまりをたぐって、ざぶん、とテラスへ乗りあげる。ひく波に、朽ち葉が連れさられ、難破船のように漂流した。

園の敷地は台と呼ばれる土地のはずれで、庭は崖っぷちにある。水たまりはそのぎりぎりのところまでひろがっていた。しかも、鳥貝は風景をちゃんと把握できないほど幼かった。だから、男が崖の階段をのぼってあらわれたとき、それは水のなかから這いあがってきたとしか思えなかった。

ふつうに園を訪れる人は、崖をのぼってくることはなく、舗装された坂道をつかう。だから、なおのこと異様だったのだ。

男は黒いコートを着ていたが、傘はさしていない。雨にぬれて、ずぶずぶと水のなかを歩いて窓のところまでやってきた。男が歩いたあとには水尾ができ、そこから羽のようにひろがって、つぎつぎに水面をわたってゆく。

鳥貝はおびえていたが、窓がしまっているから安心だとも思っていた。やがて男は、鳥貝と窓ガラスをへだてたすぐ目のまえの、軒びさしの下にたたずんだ。雨がにわかに激しくなり、男の肩ごしの景色が白くけむった。

男は黒いコートのふところに手をさしいれ、薄く大きなハンカチをとりだした。それを軽くふりさばき、左手で握りこぶしをつくったところへ、ぎゅうぎゅうと押しこんでゆく。大きなハンカチが、たちまち男の握りこぶしのなかに納まった。男はそれを、パッとひらいた。すると、手のひらのうえに、真っ白な花があらわれた。蓮の花のようだった。花びらが幾重にも重なった豪華な蓮だ。

鳥貝は男をあやしんでいたのだが、ハンカチが花になるところを見せられて、こんどはそのことで頭がいっぱいになった。

男は窓をあけるよう、身ぶりでうながしている。ほんの子どもだった彼は、花の誘惑にまけて窓の鍵をはずした。男は花をさしだした。鳥貝の顔がかくれてしまうくらい、大きな花だった。

「そっと、さわってごらん」

男にうながされ、鳥貝はおずおずと手をのばした。ふれているのに、そこにはなにもないような気がした。ほんのりと、よい匂いがする。甘いような、せいせいするような匂いだった。

「坊主の服のどこかに、ポケットはあるかな?」

問われて、鳥貝は幼稚園の制服のポケットを男に示した。

「すこし小さいね。そうだ、帽子がいい。そいつをぬいで、ここにかぶせてごらん」

鳥貝は帽子をぬいで、花のうえにかぶせた。

「さあ、いっしょにおまじないの文句をとなえよう。一度しか云わないよ。花、花、白い花、こんどは真っ白な鳥になあれ」

そのとおり、鳥貝は口真似した。男は、帽子をポンとたたいて持ちあげた。すると、そこにはもう花はなく、白い紙の束があるだけだった。鳥ではなかった。うすい紙が、何枚も重なっている。男は、こいつはまだ寝ぼけているんだよ、と笑った。

「ちょっと、変身しそこなったんだ。だいじょうぶだ。飛ばしてやれば、鳥になる。手をだしてごらん。片手じゃなくて、両手だ。手のひらをうえにして、葉っぱみたいにならべるんだ。よし、それでいいぞ」

男は紙の束を、鳥貝がさしだした手のひらにのせた。重さを感じないぐらい軽かった。

「ちょっとだけ、あたたかいだろう?」

鳥貝はうなずいた。ほんとうはよくわからなかった。

「いいかい? 空を見ていてごらん。ちょうどよく雨も弱まってきた」

男の云うとおりだった。いつのまにか雨はこやみになっていた。雲はまだ黒い。男はうすい紙の束を無造作にひとまとめにして、いったん自分のコートのポケットへいれた。つぎにそのポケットから、ひとつかみずつ、うすい紙をとりだしては空へほうりなげた。紙はたちまち風に飛ばされて、空高くまいあがる。

ひるがえったかと思うと、鳥になった。男が紙をつかんで空へ放りなげるたび、灰色の空に、真っ白なつばさの鳥が飛んだ。三羽、四羽、五羽、とふえてゆく。

「おふくろさんはもうじき来るよ。そこの道で、畦《あぜ》に落ちたんだよ。心配ない。車が泥になっただけだ。今ごろは、助っ人がかけつけて、もう道へひきあげただろうさ。……泣かなくていい。だいじょうぶだ、心配ないよ。まもなく迎えにきてくれる。だから、もうちょっとだけ話をしよう。坊主は海辺の町で生まれたんだ。気持ちのいい春風のふく日だった。その春はじめて見るツバメが飛びかっていた。南の海から、はるばるやってきたんだ。電線に、音符みたいにならんで、さえずっていたっけ。あの声をおぼえてるかい？　おそらく、坊主がこの世に生まれて、まっさきに聞いた鳥の声だよ。いいかい？　坊主はツバメがいっぱいいる春の海辺で生まれたんだ。……ほんとうだよ。波の音が聞こえるところさ。それだけ、知っておけばいい。……そら、おふくろさんが来た。車の音がする」

鳥貝は紅茶をいれて、多飛本の席へはこんだ。ハナ、ハナ、シロイハナ、コンドハ、トリニナアレ。心の中で呪文をとなえながら。

「どうぞ」

「あ、悪いな、ありがとう。このオムレツは好きだよ。あっさりしているのに、実にうまい。徹夜明けの胃袋には、うってつけだな。鳥貝のおふくろさんに感謝しよう。味覚は生まれつきのものじゃない。経験によって洗練されるんだ。心づくしの手料理で育つってことは、それだけでも一生の宝だよ」

……台所にたつ母のうしろ姿を思い浮かべたとたん、なぜか、鳥貝の目から涙がこぼれた。自分でも予期していなかったので、ふせぎようがなかった。

両親の実子ではないと知ってから三年になる。高校入学の手つづきに戸籍謄本が必要だった。そのさいに父から話があり、母はかたわらで、だまったまま何度もうなずいていた。戸籍には養子の記載があった。だが鳥貝はそのほかになにが書いてあったのかをおぼえていない。読まなかったのだ。自分には関係のないことだと思った。

当時の鳥貝は、くどくどと思いなやむ気質ではなかった。父や母のことを信頼して、事実を事実として受けいれた。わだかまりのない日常が待っていた。なにも変わりはなく、幼い日に出喰わした男のことを思いだすわけでもなかった。

ツバメのことも、波の音がする町で生まれたという話も、自分でそれを忘れはてるほど、念入りに封印してあった。

それを今になって、思いだしたのだった。

「多飛本、なんでこんな可愛い子を泣かせるんだよ。ひどい男だな」

安羅が多飛本を非難した。

「どうして、ぼくを責めるんだ？　聞いてただろう？　うまいと云ったんじゃないか」

「多飛本が云うと、ほめことばとは思えないんだよ」

「それなら、安羅がかわりに伝えてくれ。鳥貝の味覚を洗練させ、まっとうな料理を仕込んだおふくろさんに深く感謝するとともに、こんど帰省したときにはほかのメニューも教わってきてくれ、と。われわれは当初、鳥貝にそこまでのぞんでいなかったが、思いのほか腕がいい。紅茶のいれかたも知っている。ありがたい誤算だった。料理自慢の母親は、持っておくものだな」

鳥貝はからだのなかで堰《せき》がくずれるのを意識した。自分でも、それほど多くの土砂をせきとめているとは思わなかった。ひさしく涙とは縁がなく、悲しみも怒りもほどほどの平穏な暮らしだった。養子であると知っても、それで両親とのあいだがぎくしゃくするわけではなかった。

生みの親をさがそうともしなかったし、興味もなかった。家と学校と予備校で明け暮れする高校生活はそれなりに忙しかったのだ。しかし、自分の出生にまつわるうわさが、とくに両親が不妊治療を受けていた話が、まったく聞こえてこないわけではなかった。鳥貝の耳にとどくくらいだから、父や母にはもっとわずらわしく聞こえていたにちがいない。

それを聞かないように耳をふさぎ、顔をそむけていればすむと思っていたのは、彼が子どもだったからだ。彼こそが、両親のために抗議すべきだったのだと、悔やまれる。鳥貝は、自分の幼さが、たまらなくもどかしく情けなかった。そういう涙であり、嘆きだった。

それを安羅が受けとめてくれている。おそらく安羅は人を抱くことになれた男で、かげんを心得ていた。その腕のなかは、実際のからだつきよりもふかく思われ、鳥貝にとっては身をゆだねることの気恥ずかしさよりも、安らぎのほうが勝っていた。

「安羅、バスに乗りおくれるぞ。いっそ、バイト先まで連れていけ」

多飛本の声で、鳥貝は安羅の腕から離れようとしたが、逆につよく抱きしめられた。

「気にするな。すこしくらいおくれたって平気なんだ」

「……だめですよ。バイトだって仕事だから、時間はまもらないと」

「鳥貝の云うとおりだ。はやくいけ。食器のあとかたづけはしておいてやる。特別料金で」

安羅は多飛本に悪態をついて出かけてゆき、白熊も部屋へ引きあげたので、鳥貝は多飛本とふたりになった。

「……なぐさめられた顔だな？」

鳥貝はうなずいた。

「かたづけは、おれがします」

「安羅に気をつかうことはないさ。ぼくがひきうけて代金を請求するから、そのままほうっておけ。胸を貸すのはやつの趣味なんだよ。あれで楽しんでるんだ」

それからいくらか間をおいて、「気持ちよかったか？」とつけたした。鳥貝は、ためらいながらうなずいた。多飛本は、笑い声をたてた。

「……おかしいですか？」

「すまない。そういう意味で笑ったわけじゃないよ。ただ、鳥貝はぼくらを警戒していたんじゃなかったかと思ってさ」

「していました。男の人に抱きしめられて気持ちよくかんじるなんて、ありえなかったはずなのに」

「世の中には理屈では説明できないことが山ほどある。安羅となら、裸のほうが、もっと気持ちよかったさ。正直なところ、そうしたいと思わなかったか?」

「……おれは、並みの人間ですから」

「女なら、だれでもいいわけじゃないくせに。個別に考えれば、性別よりも好ききらいが優先するはずだ。おのぞみなら、例をあげて説明するよ。でも、たぶん、きみの答えはすぐにでるだろうな」

　予言めいたことを云われ、鳥貝は困惑した。しかも彼自身が考えもしなかった早さで、わずかなあいだに意識が変わってゆく。

「ここの人たちと話していると、なっとくしそうになりますけど」

「そもそも異質なものより同質のもののほうが受けいれやすいはずじゃないか。男が男に惹かれるのに、なんの不思議もないさ。で、どうする?」

「……どうって?」

「この寮の一員になるかどうかだよ」

「料理人になるのが条件とは知りませんでした。それに、シェアする部屋にベッドがひとつしかないということも」

「鳥貝は料理の才能はあると思うけどな。その腕なら、安全装置にもなる」

「安全装置ですか？」

「もし、寮生のなかに紳士ではない者がまじっていたとして、鳥貝の人権を無視するような行為がおこなわれたとする。その場合に、むろん訴えてもいいが、料理で仕返しする手もあるってことさ。学期試験の朝に、その紳士でない者の皿にだけ御座ったものを盛るとか、スープのなかに利尿作用をたかめるハーブをまぜこむとか」

「御座ったもの？」

「腐ったもののこと。ようするに毒を盛る可能性をちらつかせて、相手を思いとどまらせる」

「……でも、それぐらいで安全確保ができるとは思えないんですけど」

するとと多飛本はまた笑い声をたてた。

「冗談だよ。まともに受けとめるな。……だれも鳥貝をとって喰いやしないさ。ぼくら、これでもけっこうよそで求めがあるんだ。からだが主張する不満をためこまずにすむくらいには」

さきばしって露骨な想像をしていたことに気づいた鳥貝は、顔をあからめた。

「ベッドの件は、今のところひとりで独占できるんだから、問題ないだろう？」

「でも、百合子さんに、あの部屋はふたりでシェアするんだと云われました。家賃を二万円しかはらえなくなった百合子さんのために、多飛本さんが考えついたことだそうです。……ほんとうですか？　夜中に目をさましたら、あの人がとなりに寝ていたんです」

こんども多飛本は笑い飛ばすだろうと、鳥貝は予想していた。百合子がすでに寮生でないことはなんども聞かされた。それを、もう一度説明されるのだろうと思ったのだ。だが、多飛本の顔にあらわれたのは、憂いとも呼べそうな表情だった。

「百合子か。彼はちょっとした問題児でね。家賃の滞納のこともあって、家主もうるさく云ってくるから、ぼくの判断で退寮してもらったんだよ。だからもし、彼が勝手にこの寮内にはいりこんだのだとすればそれは不法侵入だし、鳥貝の権利を侵害している。あの部屋は、まちがいなく鳥貝が一万円で住む権利を持っている。料理当番に関係なくだよ。ただ、ときどき引きうけてもらえるとありがたい。毎日とは云わない。週三日でいい」

「料理くらい、しますよ。ほんとうに一万円で住まわせてもらえるなら」

「もちろんだ。歓迎するよ」

多飛本はほっとしたような笑みを浮かべた。それが、今までの話の筋とはまるで関係のない表情だと、鳥貝はなぜか直感した。多飛本は、まだなにかをかくしているのだ。しかし、鳥貝を罠にはめようとか、陥れようとする企みがあるようには思えなかった。少なくとも鳥貝は、そういう疑いを持たなかった。

「百合子さんはしばらく旅に出ていたそうですけど」

「旅？　だれがそう云った？」

「安羅さんです」

「それなら、彼のところでかくまっていたんだろう。安羅はあのとおり、なんでも受けいれ、なんでもゆるすタイプだから。百合子を退寮させることにも反対だった。ベッドにこっそりもぐりこんできたとしても追いだすはずはないし、ほかの者にも黙っているだろうな」

「このつぎ百合子さんがあらわれたら、おれはどうすればいいんですか？」

「まず、部屋にいれないことだ」

ゆうべも、招きいれたわけではないと鳥貝は云いたかったが、窓づたいにはいる方法があったのかもしれないと思いなおしてだまっていた。窓の鍵は点検しなかったのだ。

「ただ、誤解のないように云っておくけど、百合子はもうこの寮の住人ではないが、ぼくらの友人でなくなったわけではない。安羅はむろん、ぼくも百合子のことは好きだし、白熊や時屋もおなじだと思う。泊めてくれと頼まれれば、断らない。そうは云っても、彼となじみのないきみに、受けいれがたいのもわかるよ。こんど百合子が部屋へ忍びこんできたら、たたきだしていい。腕力に自信がないときは、白熊を呼べ。力になってくれるさ」

　鳥貝はうなずいた。だが、たぶん実際には助けを呼ばないだろうということもわかっていた。鳥貝に必要なのは助けではなく、百合子がどうしてあんな態度をとるのかを知ることだったからだ。

「あらかじめ、おことわりしておきますけど、おれの料理のレパートリーは三つしかありません」

「味覚がちゃんとしている人間は、作ろうと思えばなんでも作れるさ」

「かいかぶりですよ」

「そうじゃない。おどしているんだ。泣かせてでも料理人として育てるってことさ。安羅の云い草じゃないけど、可愛い子が涙を流すのを見るのは、ぼくの趣味だから」

「悪趣味ですね」

「趣味なんてものは、悪いほど値打ちがあるのさ。服でも道具でも、けっこうな趣味をつらぬくには資産が必要で、それがなければ半端に気どるより、いっそ後ろ指をさされるほうが潔い」

　多飛本は家主の代理として契約書をさしだした。鳥貝は未成年なので、契約には保護者の署名と押印が必要だ。両親への報告と、部屋がきまりしだい発送するつもりだった荷物の手配をすませに、彼はいったん実家へ帰ることにした。

帰郷

新幹線と普通列車を乗りついで東京駅から二時間半ほどでたどりつく山あいの町に、鳥貝の実家がある。三月下旬の今、舗装をしていない道路や畑には雪がのこっている。まだ、冬景色だった。それでも、この数日は気温の高い日がつづき、雪がとけてむきだしになった土のなかで、気のはやい緑が芽吹きはじめている。しかし、春の雪がふれば、たちまち枯れてしまうだろう。

土が露出した畑や、川べりの細い柳の枝さきでちらちらとする、あるかなしかの緑を目にするのが、鳥貝は好きだった。ようやく雪どけの季節が来たのだと、うれしくなる。

山のいただきはまだ白く寒々しいが、平地では花芽が日ごとにふくらんでくる季節だ。杏の花が咲くのはもうしばらくさきだ。この土地では花の雲といえば、傾斜地に植えられた杏の花があわあわと咲く景色のことをさす。杏は桜よりも愛されていた。

駅まえの広場や並木道に植えられているのも、桜ではなく杏である。だが、ここで暮らしていたころの鳥貝は、景色などに目もくれず、駐輪場からすぐに裏手の脇道へそれて帰宅をいそいだ。駅の構内や表通りの舗道に咲く花を、あらためてながめることもなかった。

このあたりはかつて織物街道としてさかえ、商人たちの宿場町としてひらけた。近代化したのちは、繊維産業の恩恵をうけ、一時は街道筋に商家がたちならんで隆盛をきわめたものの、蚕糸業が衰退したのち、桑畑にかわって果樹園がひろがった。リンゴがほとんどだが、鳥貝の生家のあたりの農家では杏をつくっていた。

鳥貝の家も、かつては繊維問屋としてさかえた豪商だった。先々代の時代にはとくに富み、今の家を建てた。先代はさまざまな商いに手をそめては浮き沈みをくりかえしたすえ、鳥貝が赤ん坊のころに亡くなった。おおかたの財をつかいつくしての往生だった。

今、鳥貝の父は不相応に大きな家をもてあましている。この土地が街道筋の宿場町としての歴史を持ちながら、しだいにその風土の特質を失なって、人口こそ微増でありつつも、ほかのどこの田舎町とも見分けのつかない景色にさま変わりしたあげく衰えるばかりであるのとおなじく、鳥貝の家族も、むだにひろい敷地に建つ、かまえだけはりっぱな古い家屋に、建てかえる必要も資力もないまま、どうにか改装だけをほどこして住みつづけているのだった。

しかも、首都圏とつながる鉄道の駅からは、自転車で三十分ほどかかる。当然ながらきょうは自転車がないので、鳥貝はまっすぐバスの発着所へむかった。通勤通学の時間帯でない午后の本数は少なく、次のバスまで四十五分ほど待ち時間がある。

そんな場合のゆき先をきめてある鳥貝は、駅まえ通りをそれた路地へはいった。そのかいわいは、夕刻から営業をはじめる小さな料理屋が軒をつらねている。ほとんどが、常連客だけで席がふさがってしまう規模の店ばかりだ。昼間は戸をたてた日だまりに猫が遊ぶほかは、人影もまばらでひっそりとしている。

鳥貝は半間《はんげん》分のはばもない戸口の前にたった。小さな喫茶店である。〈本日は休みです〉と貼り紙がしてあるものの、すみに家の絵が描いてあれば、それは女主人が在宅しているという意味なのだった。戸口の横手に、ひとりがやっと歩けるほどの通路があり、その先の内玄関に通じている。

鳥貝は呼び鈴をおした。すると、まもなく扉がひらいて、女主人があらわれた。鳥貝の顔を見て、とたんに笑いかける。

「今の下り？　ずいぶんはやい帰省ね。もう家が恋しくなったの？」

奥へゆくほど細まってゆく通路の先には背中あわせのもう一軒の家があり、さらに、せまい道をへだてて土手になる。その土手をこえた谷が線路だ。女主人の家は、電車が通過するたびに振動でカタカタと音をたてる。だから、電車の発着がわかるのだった。

内玄関から店へぬけて、鳥貝は三つしかないカウンター席のひとつに腰かけた。ほかに四人がけのテーブルがひとつと、ふたりがけのテーブルがふたつあるだけの小さな店だった。せまい階段をのぼった二階が住居になっている。

「そうじゃなくて、住むところがきまったから荷物を送りだしに来たんだ」

「だって荷づくりはしてあるんでしょ。送り状をつけてもらうくらい、家の人に電話でたのめばいいのに」女主人はサロンエプロンに袖をとおしてカウンターにはいった。

「顔を見たかったから」

「孝行息子ね」

「おふくろだとは云ってない」

鳥貝の注文をきかずに、女主人ははやくも紅茶の葉を煮たてている。そこへ牛乳とヴァニラビーンズをくわえて、ミルクティにするのである。

「オムレツも焼いてもらえるかな？」

「バスに乗りおくれるわよ」

「夕飯までに帰ればいいんだ。何時につくとは知らせていないから」

卵は冷蔵庫ではなく、廊下においたホーローびきのバケットのなかでおがくずにうずもれている。鳥貝は心得顔でそこからひとつをとりだして、カウンターのなかにいる女主人に手わたした。

「どういうわけか女親というのはね、息子のことに関しては、要らぬ勘がはたらくものなのよ。晩のごちそうの肉か魚を買いに駅まで出かけてくるとしたら、帰りがけの息子と駅前で出あわせるような、そういう時間帯を選ぶ才能があるの」

今は二時すこしまえだった。鳥貝は駅まえ広場で母親の車と出逢う可能性をすこしも考えていなかった。だが、もし目撃されたとしても、バスの待ち時間に腹ごしらえをしたのだと云えばすむ。この店は酒場がならぶ路地にありながらアルコールは出さないので、その点でも堂々としていられる。

うしろめたさがあるとするなら、昼間は女主人とふたりきりになることが多い隠家的な店であることだった。むろん鳥貝はそれを望んでいたが、気持ちを打ちあけられるほど、おとなになってもいなかった。

少なく見積もってさえ、鳥貝より十五、六歳は年上であるはずの女主人は、カフェオレボウルといってもよいような大きめの、だが把手のついたカップにミルクティをそそいで、彼のまえにおいた。

鳥貝がこの店を知ったのは、去年の初夏だった。U市まで全国規模の模擬試験を受けにいったさい、駅の駐輪場にとめておいた自転車を盗まれ、帰りの足をうばわれた。彼には交際していた同級生の女子を家まで送りとどけるという役目があり、彼女も自転車だったので、盗難届けをだすよりさきに、信用のおける同級生に彼女の伴走をたのむ手配をつけなければいけなかった。

自転車のふたり乗りは禁じられていて、それを目撃したといって、いちいち学校へ通報する住民がいる。そのため、夜道とはいえうかうかと違反はできない。学校推薦で地元の大学へはいることを望んでいた彼女は、ささいな違反で内申書に傷がつくことを危ぶんでいた。さいわい、その日は同級生の多くが模試を受けており、彼女の安全を託せる実直な男を、鳥貝はすぐにみつけた。

彼らを送りだしてから、鳥貝は駅まえの交番で盗難届けをだし、バス乗り場をむなしくながめた。鳥貝の実家の方面へむかう終バスはとっくに発車していた。模擬試験のあと、仲間とファミリーレストランにあつまった。飲みものだけでねばり、模範解答が出るのを待って自己採点をしていた。それで、帰りが遅くなったのだ。翌日は学校が休みだったので、よけいにのんびりしてしまった。

自転車がないうえは、タクシーに乗るか、歩くしかない。暗い道を走ると、きまってどこかで脱輪する母に自家用車での迎えをたのむのは、現実的ではなかった。父はすでに晩酌をしている時刻だ。

徒歩で帰ることにした鳥貝は、すこしでも近道をするつもりで酒場のある路地を歩きはじめた。週末の晩で、どの店もにぎわっているようすだった。ざわめきが外まで聞こえてくるものの、路地を歩く人の数はさほどでもない。

鳥貝は模試の国語のできがあまりよくなかったことを考えながら歩いていて、あやうく前から走ってきた自転車とぶつかりそうになった。すみません、と云う彼に、こちらこそごめんなさい、荷物が重くてハンドルをとられたの、と遠ざかりながら返事がかえった。

鳥貝がふりむくと、女の人は自転車をおりて、建物と建物のすきまへそれをおしこもうとしている。荷台にくくりつけたダンボール箱はたしかに重いらしく、自転車ごとたおれかかった。かけつけた鳥貝は、うしろから手を貸した。

あら、ご親切にありがとう、助かるわと云われて、鳥貝は唐突に、この人に自転車を借りられないだろうか、とあつかましいことを考えた。

「……あの」

しかし、口にしかけたとたん、そんな依頼が聞きいれられるはずもないと思いなおし、なんでもないと詫びてそのまま歩きだした。すると、うしろから、どこへ帰るの？　と声がかかった。

「蔵町です」

「それじゃ、もうとっくに終バスは出たわね。もしかして、歩き？」

そのように問われて、彼はうなずいた。一方で、ふたたび自転車を借りようという気になった。ことわられてもともとである。女の人は軒灯のともった玄関の軒屋根のしたに立っている。鳥貝には女の人の年齢はよくわからなかったが、じゅうぶんすぎるほど年上だった。そのくせ、可愛らしい人だと思った。

「……あの、すごくあつかましいお願いなんですけど、その自転車を一晩だけお借りできませんか。あすの朝、かならず返します」

鳥貝は自分をはげまして、なんとかそう云った。ただ、どう考えても、初対面の相手にたのむことがらではないし、信用してもらえるはずもない。女の人は自転車の荷台にくくりつけたダンボール箱のひもをほどいたところだ。

「こんな自転車でよければ、どうぞ。朝はつかわないから、午后の三時ごろまでに返してくれればいいわ」

「ありがとうございます。鳥貝と云います」

鳥貝は身分証明のつもりで、高校の学生証をとりだした。

「その校章知ってる。S高校のよね。わたしも卒業生なの。……って云ってもわたしのころは女子校だったんだけど。共学になったんだってね」

「今も女子のほうが多数派で、しかも優秀です」

「もしかして、予備校の帰り？　おそくなるはずよね。U市まで出ないと大手の予備校はないものね。わたしの時代には蔵町の人たちは単線のローカル鉄道でこの駅へきていたけど、あれも廃線になったのよね。自転車でこなかったの？」

「自転車だったんです。……盗まれたらしくて、消えていました」

そこまで云うつもりはなかった鳥貝だが、女の人の聞き上手につりこまれ、口をすべらせた。

「それは災難だったね。めんどうでも、カギは二つ以上つけておいたほうがいいのよ」

「こんどから、そうするつもりです」

女の人が自転車の荷台のダンボールを家のなかへ運びこもうとしていたので、鳥貝は、まかせてくれと云って、それを手伝った。青果店でのこり野菜を安く調達してきたのだと云う。

「ありがとう。せっかくだから、お茶でもどう？……ここ」と女性は酒場の路地に面した戸口を指さした。小さな木の看板に〈うすゆき〉と書いてあった。

「喫茶店なの。不定休で、営業時間もその日の気分しだいなんだけど。紅茶だけは、ほかのどこよりおいしいつもり。といっても、若者には紅茶の味なんてどうでもいいかな。コーヒーはね、一種類のブレンド豆でいれるの。モカとかマンデリンとかはなし。紅茶はいろいろあるのよ」

昼はひっそりとして、日が落ちるころから灯をともす店が軒をつらねる路地だった。女の人はまだ雪のつもる季節に移り住んで準備をはじめ、春になって喫茶店をはじめたのだと云う。

鳥貝が駅を利用するのは予備校へいくときだけだった。電車の待ち時間に売店か自販機で買い食いをするていどで、喫茶店などに縁はない。近道としてこの路地を通りぬけはしても、酒場のせいもあって、そこにどんな店があるのかを気にかけたことはなかった。だから、営業をはじめて二ヵ月ほどになるという女の人の店にも気づかなかった。

なりゆきで、鳥貝は店によばれた。女の人は、きょうは休業日なのだと云いつつ、カウンターにはいった。鳥貝が恐縮すると、これから晩ごはんだからいいの、ここは台所でもあるのよ、と笑った。

湯をわかし、鍋やカップの用意をしながら、店の名の〈うすゆき〉が薄雪物語という昔の読みもの（宿命の恋をあつかっている）に由来することや、ミハルという自分の名前を紹介した。

鳥貝は春生まれの長男ゆえに一番目と弥生の組みあわせで一弥《たかはる》というのだ。だから、この人のミハルという名もあるいは春に関係があるのでは、と思いつつ口にはしなかった。

「おなかすいてないの？　晩ごはんはまだなんでしょ？　オムレツ、ごちそうしてあげようか」

「食べたいですけど」

「……けど？　おばさんのねらいがわからないから、やめておく？」

云いながら、女の人は笑っている。鳥貝は、そのことを考えないでもなかったので、うつむいてごまかした。彼の友人のなかには、年長の女の人と交際がある者がけっこういる。大手の予備校がもより駅にはなく、塾も少ない土地がらで、そのぶん家庭教師をたのむ生徒が多いこととも無関係ではなかった。

「ごちそうになります」

「卵のアレルギーはないわよね？　ほかになにかあるかな。乳製品はだいじょうぶ？」

「平気です。アレルギーはなにも。子どものころに、漆の器でかぶれたことがあるらしいけど、そもそも漆の器なんて日常ではつかわないから」

「漆がダメなら、マンゴーにも気をつけたほうがいいわよ」

「マンゴーなんて、食べたことがない」

「女の子はマンゴーって好きなのよ。近ごろはファミリーレストランのスイーツでも食べられるから、シェアしようって云われたら要注意ね。それこそ、もっといいスイートをのがしかねないもの」

「のがす?」

鳥貝はすでに話の文脈をみうしなっていた。とことん、国語に弱いのだ。

「わたしの知りあいの若い子なんだけど、マンゴーを食べて口のなかがしびれたあげくに唇が腫れあがって、しばらくキスもできなかったって嘆いていたことがあるのよ。切実でしょ?」

鳥貝はつられて笑ったが、こんどファミリーレストランでメニューにマンゴーをみつけたら、とたんにキスのことを考えてしまいそうだった。

話をしながらも、女主人はなれた手つきでオムレツをしあげてゆく。それはグラタン皿で焼く、一風かわったオムレツである。ふっくらとしているが、クリームや牛乳はつかわず、豆乳と自然薯でつくるのだと云う。具の野菜は、ありものをたっぷりいれる。

鳥貝はそれをたいらげ、紅茶をのみほし、自転車を借りて家路についた。

そんなふうに〈うすゆき〉の女主人と縁ができ、鳥貝は模試の帰りがけに、たびたびより道をした。夏休み後の二学期になると、週末ごとに予備校へかようようになり、

〈うすゆき〉〈立ちよる回数もふえた。

交際していた女子生徒もおなじ予備校だったが、帰りはべつになる日が多くなっていた。理系の鳥貝が、文系の彼女より一時間以上おそく終わるからである。はじめの二回くらいは、予備校のロビーで待っていてくれたが、そのうち、家で勉強したいから先に帰ると云いだした。親せきに迎えをたのんだ、とも云う。

自転車を盗まれたときに伴走をたのんだ友人が、じつはそのまま彼女と交際していたことを、鳥貝は卒業まぎわになって当の友人から打ちあけられた。おどろいたが、不思議になんの憤りもおこらなかった。むしろ、祝福したい気持ちだった。彼は今ごろになって、彼女がキスではもの足りなかったのだと気づいて苦笑した。

「なあに？　ひとりでもの思いにふけっちゃって」

女主人が、焼きあげたグラタン風のオムレツを鳥貝の手もとへおきながら問う。

「高校時代が、すごく遠い気がして。卒業してから、ひと月もたっていないのに」

「若い子は、一日一日が長くて、それぞれのできごとの印象もはっきりしているからよ。わたしぐらいになるとね、一日は若いときの三倍ぐらいはやく暮れて、あまりにはやくて実感がないの。あることを思いだそうとして、それが三日まえか四日まえなのか、わからない。へたをすると、先週の土曜日と先々週の土曜日の区別もつかない。一年は若いときの三年よ。歯車がすりへってくると、ふたつみっつ目が飛ぶことってあるでしょう。そんな感じ。しかも、飛んだことにも気づかない。髪をバッサリ切ったのが去年の冬なのか、おとといの冬なのかはっきりしないの。そもそも、十七歳のころとちがって、髪の長さなんて、もはやどうでもいいことだもの」

「髪、長かったんだ」

鳥貝はとちゅうで口をはさんだ。女主人は、出逢ったときからいくぶんウエーブのかかったボブスタイルの髪だが、かつては長かったにちがいないと、鳥貝はずっと思っていたのだった。しかも、冬に短かく切ったのだから、なにか特別な理由がありそうなものなのに、当人は去年なのか、おとといなのか忘れたと云う。

「そうよ、長かったのよ。去年かおとといまでは。……ねえ、話の腰をおらないでくれる？　まだ、つづきがあるんだから」

「ごめんなさい。拝聴します」鳥貝は、ことさらに背筋をのばした。ところが、女主人はすぐにはもとの話にもどらず、しばらく鳥貝の顔をみつめた。それから、ふいに笑顔になる。

「……なに？」

「鳥貝くんも、巣立ちしたんだなあ、と思って、感慨にふけってたの」

もうすこし色気のあることばを期待していた鳥貝は、内心ではがっかりした。

「じゃあ、今まではヒナあつかいだったってこと？」

「そのくらい、年の差があるってことよ。わたしにも十七歳だったときがあるなんて、想像できないでしょ？　でも、あったの」

「……もしかして、十七歳のときにも、髪をバッサリ切ったの？」

ものごとの余白を埋めるのを苦手とする鳥貝にはめずらしく、ピンときて、そうたずねた。

「思いっきりね。……決心をにぶらせないために。あとへは引けないんだってことを、自分に云いきかせるには儀式が必要だったのよ。そのときは、神聖な気分だったけど、今思うと、こっけいなだけ。見栄と意地と、気負い。自分で髪を切って、それを川へ流したのよ。ばかみたいでしょ？　あんなこと十七歳だからできるのよ」

「学校のちかくの川？」

「そう。自分の進路と反対方向へ流れてたから。過去を捨てるつもりだった」

「捨てられた？」

「一時的にはね。大それたことをしたと思いこんでいたから。……今になってみると、あんなに思いつめるほどでもなかった。世の中にはいろいろな生きかたがあって、正解なんてものはないんだって、だれか教えてくれる人があれば、それでよかったのに。今でも、ふとしたときに思いだすのよ。教室にすわって黒板を見すえていたある瞬間になにを考えていたか。それが、たった今のことかと思うくらいリアルなの。十七歳のときに、あしたになったらいく、ときめていたその場所へ今さらいってしまいそうになる。若い人にすれば、おばさんのそんな錯覚を、あつかましいにもほどがあると思うだろうけど、事実なのよ。去年とおととしどころか、去年と十年まえ、おととしと二十年まえの区別がつかないようになる。むろん、今はまだ頭がしっかりしていて、あれはずっと昔のできごとだと承知しているから、実際に発つことはない。でも、そのうち電車に乗るくらいはするかもしれないわ。ここからは想像だけど、いつの日か、去年も五十年まえもたいしたちがいがないように思えてきて、最後には、きのうだけになるんだと思う。過去はまるごとぜんぶ、きのう。膨大なかたまりなの。区別できるのは、きょうだけ。逆にいえば、それだけ今が大事ってことね」

「それ、なにかの哲学？」

「メルヘンよ。わたしの祖母の話。だんなさんが亡くなられたのはいつ？　ってきかれると、きのう、とこたえ、息子さんが結婚なさったのは？　ってきかれればそれも、きのう。お生まれは？　きのう。……ああ、十年まえは笑えたけど、今は笑えない。わたしも、年をとったものね」

鳥貝は、ふいにあることを忘れていたのを思いだした。高校に保存されている歴代の卒業アルバムで、女主人が何年度の卒業生かを調べてみようとしていたのだ。それを実行せずに卒業してしまった。

そもそも坂井ミハルと教わったその名前が本名かどうかは不明であるし、今、独り者なのは知っているが、結婚歴があるかどうかなどたずねたこともない。だから名字でさがす意味もない。それでも鳥貝は、写真のなかから顔をさがせばわかるような気がした。

「あしたになったらいこうときめていたその場所へ、いったの?」

「……え?」

「だから、十七歳のとき」

鳥貝は話を元へもどした。さきほどの女主人の語りのうち、そこが気にかかっていたのだ。家出かなにかだろうと、そんなふうに想像した。

「いったわよ」

「後悔していない?」

「もちろん」

その肯定が、なにをさしているのかききだすほど、鳥貝はあつかましくなれなかった。

どこかの家の柱時計が四時をうつ。そんな音まで聞こえてくるくらい、灯ともしまえのこのかいわいは静かだ。

女主人は夕方から店をあけるための、小皿料理の下ごしらえをはじめた。アルコールぬきで、小さなおかずを味わえるのも、この店の特徴なのだ。勤め帰りの女の人に重宝がられ、夕方はそこそこ込みあうようになった。鳥貝はオムレツをたいらげた器をもってカウンターにはいり、いつもどおりそれを洗った。

「こんど、もうふたつくらい、おれにもできそうなレシピを教えてもらえないかな。……自炊をすることになりそうだから」

「鳥貝くんは、味覚がちゃんとしてるから、料理本の分量どおりにつくれば大丈夫よ。わたしなんかの味をおぼえることないよ」

「このオムレツ、友だちに食べさせたら、低カロリーのところが評判よかったんだ」

「……なるほど、彼女にごちそうしたいわけ？　そうよね。近ごろの男子は料理ができるほうがモテるものね。それなら、今夜にもレシピを書いておくわ」

「いそがなくてもいいよ。あとで郵送してくれれば」

「女の名前でもいいの？　なにか偽名をきめておこうか。ウスイユキオとか、スズキイチロウとか」

「坂井ミハルでかまわないよ。……彼女なんて、まだいないし」

「わかった。それなら実名にする。あとでハガキをちょうだい。そうしたら、その住所へ送るわ」

鳥貝はうなずいて、下ごしらえにいそがしい女主人の見送りをことわって、内玄関から外へぬけだした。この時間は通勤の帰宅の足にあわせて十五分おきにバスがある。鳥貝は今しがた駅についたふりをして実家の母に電話をかけ、なにか買ってゆくものがあるかときいた。

そうねえ、といくらか間があったのち、「クリーニングをとってきてもらえる？　お寿司屋さんのとなりの店。預かり票の控えがなくても受けとれるように今から電話をしておくから。伝票番号を云うわね」と依頼された。

鳥貝は番号を聞きとって電話を切り、そのまま駅まえ広場をよこぎったさきの商店街へむかった。指定された店はそのなかほどにある。母親は、ふだんなら御用聞きでやってくるなじみのクリーニング店をつかう。駅まえの店にたのむのは、とくに上等のコートや絹の服にかぎられた。

どこかへ招《よ》ばれる用事でもあったのかと、鳥貝はいぶかりつつクリーニング店にはいった。受けとったのは、若者むきだが鳥貝には見おぼえのない細身のダウンコートだった。家に確認の電話をいれたが、台所で火をつかっていて手が放せないときは応答しない母なので、連絡がつかなかった。店員がそれにまちがいがないと云うので、鳥貝は受けとってバスに乗りこんだ。

庭

お風呂のかげんを見てたのよ、と母は電話にでられなかった詫びを云い、「すぐにはいるでしょ?」とつづけた。その口ぶりは、あとで、と云いにくいニュアンスをふくんだ、うながしである。鳥貝の旅の疲れへの気配りというより、母の思惑による手順の都合なのだ。だから、鳥貝もすなおに応じる。

高校を卒業し、部屋さがしのために家をはなれてからまだ二週間もたたないが、家事をきりもりする母のなかでは、鳥貝の帰郷はすでに日常とはことなる突発的な要素を持っているのだと、実感させられた。時間に正確な役所勤めの家のあるじと、今後しばらく離れて暮らす息子をどうあしらうかは、母親のなかでは、たぶん昼ごろからきまっていたことなのだ。

そんな思いをめぐらしつつ、鳥貝は灯をつけない風呂場で、湯船につかった。外はまだ暮れきらず、うっすらとしたあかるさが磨りガラスごしにさしこんだ。その窓先を、人影がよぎったような気がして、鳥貝は外をのぞいた。勝手口からはいろうとするのでもないかぎり父がそこを通るはずはなく、母なら素通りしない。息子のつごうにかまわず声をかけてくる。

おどろいたことにそのあとですぐ、勝手口で母がだれかと話す声が聞こえた。母の声しか聞こえないが、口ぶりから相手が父ではないことだけはわかった。御用聞きでもない。

鳥貝は洗い場を軽く流して風呂からあがり、ジャージを着て廊下へでた。父はまだ帰宅していない。母は台所で鶏の唐あげをあげている。

「だれか来た?」

「回覧板よ。今は集会所になっている中蔵田《なかくらた》さんの旧宅を、県の歴史的建造物に指定するよう運動しようって話。あれって、建築様式の点では資料的価値が高いらしいのよ」

「ふうん」

建築を学ぶ予定の息子が、なぜそれを知らないのか、と云いたげな母の口ぶりに、鳥貝は気のなさそうな返事をした。町おこしに興味はなかった。

「見学したいという申し込みが、地区長のところへたびたびあるの。市のほうでは、観光資源にしたらどうかって案があるんだって」

「建物だけじゃ、観光客なんて呼べないさ」

「あそこも以前は大きな製糸工場で、その名残のレンガの建物が二十年くらいまえまではあったの。あれを残しておいたらよかったのにって、惜しがってるのよ」

「今は気どったアパートが建ってるところだろ？　あの敷地の地面を掘ると、黄いろのガラスがたくさん出るんだ。高校のとき、地学部のガイガーを持ちだして計測したら、針が、けっこうふれたな」

「ガイガー？」

「放射能の強弱をはかる測定器。黄色いのはウランガラスなんだ。その工場の照明器具かなにかにつかってたんだと思う」

「お茶のむ？」

話の内容に興味を失った母は、ながれにおかまいなく話題を変えた。鳥貝は今はい い、とこたえ台所をでて居間へいった。

まだ雨戸をたてていない窓にちかづき、暮れなずんだ庭に目をこらした。奥まったところでゆれる灯《ひ》を見たような気がしたのだ。縁先に五株ほどまとまって植えられた杏の木があり、その向こうはくだりの傾斜地になっている。くだりきったところには、納屋がある。斜面には葉を密にしげらせた常緑樹のトベラが植えられ、それが黒々として夕闇とまぎらわしい。

鳥貝は、さきほど風呂の磨りガラスをよぎった影のこととあわせ、だれか庭にはいりこんだのではないかと、うたがった。敷地が市道に面したところには石塀をめぐらしてあったが、そのほかは垣根があるだけで、だれかがくぐりぬけようとすれば、たやすく実行できた。無防備な家なのだ。

居間の縁側から庭へおりた鳥貝は、念のため柄の長いスコップを手にして斜面をくだった。とはいえ、それをつかう場面はあまり想像したくなかった。

納屋は祖父がつくらせたもので、初期には資材倉庫としてつかっていたので、むやみに頑丈にできている。今となっては、こわすにも費用がかかり、納屋としてもつかわれずに放置されていた。母屋から離れすぎていて不便なのだ。

灯は、見まちがいではなかった。納屋の通気窓を透かして、なかの灯がもれている。鳥貝は扉にちかづいた。近所の子どもなどがはいりこまないよう、ふだんは鍵をかけておく。それが外れていた。もっとも、鍵は扉の外枠のくぼんだ部分にかくしてある。それを知っていれば、あけるのはたやすい。

厚みのある板戸はしまっていた。鳥貝は音をたてないようにそっとすきまをつくり、納屋のなかをのぞいた。電気のランプがともっている。あかりのそばにブランケットがあり、そのとなりにデイパックが投げだしてあった。人影はないが、だれかが忍びこんだ痕跡はあきらかだった。

そのとき、鳥貝の首筋に冷たいものがふれた。背後に人の気配がある。刃物の冷たさを連想した鳥貝のからだは、凍りついたように固まってしまい、声をだしそこなった。あげくにスコップも取りおとした。

足でさぐろうとしているあいだに、なにかが、ふわり、と鳥貝の首に巻きついた。マフラーだった。ほっとするまもなく、それが腕まですべりおりて動きを封じられた。しばられる、と思ってもがくあいだに、相手は鳥貝をふりむかせた。

「……百合子」

鳥貝のその声の後半は、唇をふさがれてとぎれ、のこりのことばは、文字どおりの口うつしになった。唇をかさねるだけでなく、たがいのなにものかを交換するようなキスを、鳥貝はこのときまで交わしたことがなかった。あらがおうとする意識はあるのに、からだはそれとはべつの反応をする。

だから、百合子がからだを離したときに、鳥貝はただ呆然とする以外にことばがなかった。罵声をあびせることもできない。なにも思いつかなかったのだ。殴りつけもしなかった。

「いやいやながらにしては、上出来だな。才能があるんじゃないか?」

「……才能?」

「男をよろこばせる才能だよ」

百合子は鳥貝の思考が停止するようなことばかり云う。返すことばをさがしあぐねているとき、ちかくで足音がした。人の姿がようやくわかるぐらいの夕闇のむこうで、一弥と呼ぶのは母である。鳥貝がこの侵入者をどう説明するかまよっているあいだに、百合子はすかさず、屈託のない調子でこんばんは、と声をかけた。

「あら、百合子くん、ついてたの？　これが息子なんだけど、もう紹介はすんでるみたいね」

母のこの反応は、鳥貝をいっそうおどろかせた。

「ええ、たったいま。このあいだは、ごやっかいになりました」

「いいのよ。気にしないで。よかったら、夕飯いっしょにどう？　ただの家庭料理だし、もちろんごちそうでもないけども」

百合子は、鳥貝のほうを見る。

「親子水いらずの、じゃまをされたくないって顔だ」

「……べつに、おれは」

「鶏の水炊きなのよ。だから、頭数のことは気にしないで、ひとりふえてもへってもおなじことなの」

鳥貝は母親がもの忘れでもしたのかと、不安になった。

「さっきの唐あげは？」

「あれは、骨つきの鶏肉を食べるのがへたな一弥のための、お子さまメニュー」

「ひとまわりして、夜景の写真を撮ったら、うかがいます」

百合子とは思えない、友好的な態度である。一眼レフを手にしていた。鳥貝はますますわけがわからず頭を悩ませた。まったく田舎者であるはずの母が、生まれも育ちも都会方面にちがいない百合子と、気後れもなさそうに話しているのも謎だった。百合子は庭の闇にまぎれて姿を消した。

鳥貝は母屋へひきかえしてゆく母親を追う。庭木をくぐって歩きながら、そもそもなんで百合子がここにいるのかをたずねた。

「……一弥が上京してまもなくだから、二週間ぐらい前ね。晴天がとつぜん、嵐になったことがあるのよ。日がかげったと思ったら、数分で真っ暗になって。それも雪雲ではなく、雷雲だったの。春雷よ。ひとしきり雷鳴をとどろかせたあとは、真冬みたいに冷たい雨がふりだして、まもなくみぞれに変わったの。その晩に、役所帰りのおとうさんが、足をひきずって、ずぶぬれになって歩いている百合子くんと道で逢ったのよ。思わず声をかけたんですって。息子とおなじくらいの年ごろだもの、ほうっておけないじゃない。一弥がもし東京でおなじような状況になったら、だれかに助けてほしいでしょ。だから、雨宿りするようにうながして、家へ連れてきたの。足は寒さで痙攣を起こしただけで、けがはなかった。すこし熱があったけど、一晩休んでもらったら回復したわ。若者だものね。……ほら、さっきクリーニングでとってきてもらったコート、あれ百合子くんの。この陽気じゃ、もう着ないわね。一弥の荷物を集荷してもらうとき、いっしょに自宅あてで送ってあげたらどう？　伝票と袋は玄関の物入れのなかにあるわ」

「ひょっとして、かわりにおれのコートを？」

「ええ、貸したわよ。おとうさんのじゃ、年よりくさくて百合子くんには迷惑だろうから。彼には、東京で息子に直接返してくれればいいと云ったの。偶然ってあるのね。彼もＴＫ大の建築科の学生だったのよ」

どうりで、百合子が着ていたコートに見おぼえがあったはずだと鳥貝は了解した。母親と百合子に面識があった理由もわかったが、彼がこの町を訪れた説明にはなっていない。だが、それも夕飯の席に中蔵田家の当主が顔をだしてあきらかになった。まもなく百合子も合流した。

百合子はこの地域の歴史的建造物を個人的に「研究して」いるのだった。真偽はともかく、それが訪問の理由であり、まじめに記録したノートを持ち歩いているのも事実だった。

雨つゆをしのぐのと資料の保管場所として納屋を貸してほしいとたのまれ、両親はそれも承諾した。むろん、家へ泊まるようすすめたが、フィールドワークは慣れているから、野宿でかまわないとの返事だった。

鳥貝の父と同級の中蔵田の当主は、始末に困っていた建物にスポットがあたるのをよろこんでいる。役所の土木部門にいる鳥貝の父は、がり版刷りの文書と青焼きをひもで束ねた古びた綴りをとりだした。役所の資料庫から持ちだしてきたものだ。話題になっている建物の、建築当初の申請書類や図面がはさまっている綴りだった。収蔵庫で保管はしているものの、もはや持ち出しも処分も自由というあつかいで、資料的価値など、役所ではまるで気づいていなかった。

鳥貝の父はあまり酒を飲まないが中蔵田は酒豪である。はじめのうち標準語で話していたのが、だんだん土地のことばになる。それにつれて口数もおおくなる。百合子はその相手をして、平気な顔でいる。誕生日がまだだからと酒は辞退した（ということは、一級上なだけだ）。愛想がよいわけではないが、鳥貝といるときにみせるひねくれた態度はすっかりかげをひそめていて、中蔵田も鳥貝の父もすでに何度か顔をあわせているこの青年と、うちとけて話すのだった。

台所では、中蔵田についてやってきた夫人と鳥貝の母のほか、近所のだれかもくわわって女同士でにぎわっていた。

「……なあに一弥ってば、素手《からて》で来ないで、あいた器ぐらい気をきかせて持ってきてくれたってよさそうなのに」

母が叱言《こごと》を云っているところへ、百合子が銚子や器をはこんできた。

「あら、悪いわね。ありがとう。……ほら、しつけのちゃんとした家の息子さんはこうなのよ」あとのほうは、鳥貝にあてこすって云う。

「ごちそうさまでした。おれは、そろそろ失礼します。まだ上りの新幹線があるから」

「そう云わないで、日帰りすることないわよ。一弥に部屋へ案内させるから。今夜はうちへ泊まっていって。古家だけど、部屋数だけはあるの。お風呂も、よかったらどうぞ。むこうの中年男子は、気にしないで。酔いがさめるまでお風呂はおあずけだから。ほら一弥、ご案内して。それと、着がえもだしてさしあげなさいね」

「着がえ？」

そんなものは必要ならば自分で持っているだろう、と思いつつ、鳥貝は百合子をふりかえった。廊下のくらがりで、携帯電話の画面を見ている。

「風呂はそこの右手です」

鳥貝はさきにたって廊下を歩き、脱衣所の戸棚からバスタオルをとりだして、おいついてきた百合子にさしだした。

「いっしょにはいらないか？」

むろん鳥貝は、つい最近まで男同士で風呂にはいるのを、とくに意識したことはなかった。部活の帰りがけに銭湯へよることもあったし、旅先で仲間と露店風呂にもはいった。だが、それを百合子が口にしたとき、自然な態度をとるのは不可能だった。

「……おれは、さっきはいったんです」

「知ってる。ムービィで撮った。窓があいてたから。けっこう、はっきり写ってるな。もっと湯気でけむってると思ったけど」

百合子は手もとの画像をスライドショーにしている。

「どうする？」

なにげないようすでたずねた。

「……どうって？　もしかして、おどしてるんですか？」

「そういう解釈もある」

「理由があるなら、きかせてもらえませんか？　どうして、そんなにからむんです？　おれの態度が気にさわるからですか？」

「あえて云えば、顔と声が気にいらない」

ふつうは面とむかって、本人に云うことではない。鳥貝にも、はじめての経験だった。鶏の水炊きであたたまっているはずのからだが、冷たくなるのを感じた。

「ここはおれの家だから、気にいらないなら、……でていってください」

「もちろん、そうする」

百合子はそのまま玄関へむかい、外へでていった。鳥貝はしばらく呆然としたのち、庭の納屋へかけつけた。だが、百合子はすでにそこもひきはらっていて、本人の姿はむろん、荷物もなかった。

浜辺

翌日の早朝、鳥貝は荷物を送りだした。百合子のコートは母が住所をひかえた紙（どこかにしまった）をみつけしだい、送りだすことになった。鳥貝も急ぐ必要はないと思い、自分の荷物だけを発送した。百合子が泊まらなかったことを、母がくどくどとたずねなかったのは、さいわいだった。

門先で母に見送られて、鳥貝は出勤する父とともに、もよりのバス停から駅へむかう路線バスに乗りこんだ。父は駅までゆかずに出張所のあるバス停でおりる。県庁からの出向で、そこが職場なのだ。

駅まえ広場でバスをおりた鳥貝は、そのまま市庁舎まで歩いた。父には役所へよることを打ちあけていない。

顔と声が気にいらない、と百合子に云われた鳥貝は、布団のなかでもそのことを考えていて、熟睡できなかった。持って生まれた顔だちや声のことで、よく知りもしない相手からとやかく云われる筋あいはない。だが、その生まれつきの要素が、今どこでどうしているかもわからない実の両親に由来することを、彼はいまさら意識してとまどった。

てきぱきしているが、いくらかひとり勝手なところのある母や、温厚で、もの静かな、婿養子におさまるべくしておさまったような父の気質は、それぞれの近親者のなかにも見いだせる。

法事で近在の身内があつまれば、顔だちやからだつきの類似はあきらかで、似なくてもよいところばかりむやみに似るありさまは、ほほえましいくらいだ。ところが、鳥貝だけは彼らのだれとも、似ていないのである。だが、それはついきのうまで、彼にとってどうでもよいことだったのだ。

そんなことで、いまさら悩むのはばかげているだけに、いっそう百合子が恨めしかった。すっきりとしない気分をかかえて、鳥貝は東京へもどった。

その日は、鳥貝の誕生日の前日でもあった。もう一泊していけば、という母の誘いを、寮の契約を急ぐという理由でふりきってでてきた。しかし、東京駅にたどりついた彼が、その足でまっすぐ向かったのは、戸籍に記された出生地だった。

Ｋ県の海沿いの市である。その地名も実の親の名も、鳥貝はきょうになってあらためて確認し、意識にとどめた。謄本を手にするのは三度目だったが、大学の入学手つづきのさいは、封筒入りで受けとったのをそのまま必要書類とともに大学事務局へ送ってしまい、目も通さなかった。高校の入学手つづきのさいは、字面を追ってはみたものの、なにもおぼえていない。中学生の彼にとって、それはわかりやすい記述ではなかったし、詳しく知る必要もなかった。

百合子があらわれなければ、両親にだまって役所で謄本をとるような真似もしなかった。鳥貝は上京する電車の車内で、記載事項をなんども読みかえした。なんど読んでも、実父の名はない。実母が世帯主なのである。ということは、おそらく未婚のまま戸籍をつくったのだ。

母の名は鈴木美羽子《みわこ》である。よりによって、鈴木姓だ。あてもなくさがすには、あまりにも条件が悪い。しかも、未婚で出産したのなら、生活は不安定だったにちがいなく、記載された住所に現在も住んでいるとは、とうてい思えなかった。

出生地の中心部にある駅についた鳥貝は、とたんにツバメの声を耳にした。何羽かのツバメが軽快に空を切って飛びかい、駅舎の軒下を、しきりに偵察している。古風なつくりの駅で、しっくいの白壁をささえる梁《はり》には、春をむかえるたびにツバメたちの巣づくりがくりかえされた痕跡があった。

彼は書店で地図を買った。東京からほどちかい観光地である。平日ではあったが、春風にいざなわれた行楽の人々でにぎわっている。鳥貝もその人波にまぎれて、町のなかを歩いた。早咲きの桜が、おだやかな日ざしに映えている。いくぶん盛りをすぎた紅梅が、それでもまだ艶《あで》やかさをとどめていた。濃淡の紅が重なるうちに、白梅もまじり、綿菓子のようにもやもやと山肌を染めている。海も近いはずだが、まだどこからも見えない。

休憩のために食堂へはいった鳥貝は、腹ごしらえをしつつ地図をひろげた。戸籍に記載のあった住所をたどる。ほとんど海岸線上とひとしい場所だ。付近には、日本史の教科書でなじんだ史跡が名をつらねる。

まずは、どこでもかまわないから海を見よう、と鳥貝はきめていた。勘定をしてすぐその足で海岸をめざした。海辺までローカル線が通っている。だが、鳥貝にとっては迷わず徒歩を選択する距離だった。

海に焦がれつつ、山路を歩くうち、ふいに光があふれ、空がひらける。そこにはもう、遠く水平線が見えていた。

すみれ色にぼやけた空のしたに、春がすみのかかった海がひろがる。沖あいへゆくほど風景は白っぽくぼやけた。水平線と空の境はあいまいだ。彩りにあふれたウィンドサーフィンの帆が、いくつも海上を走っていた。鳥貝にとっては、はじめておりたつ浜だった。

この海と向きあって、鳥貝がはっきりと意識したのは、記載の欄に名前がない父でもなく、この町のどこかにかつて暮らしていた母でもなかった。鳥貝の出生にかかわる記載事項のなかに、「二男」の文字があった。中学のときは、養子という事実と向きあうのが精いっぱいで、そこに気づかなかった。

「二男」ならば、実母の美羽子にとって、ふたりめの男子という意味になる。鳥貝はきょうはじめて、実の兄がいることを知った。

この市に実母がまだとどまっているなら、その戸籍の写しを役所で申請すれば、兄の名前もわかる。鳥貝は地図で役所の所在地を確認し、すぐにそれらしい建物もみつけた。

だが、そこを訪ねるのは気安いことではなかった。あすで十八歳になる。この年月、ずっと、ひとりっ子のつもりで生きてきたのだ。とつぜんあらわれた兄を、どう受けとめればよいのか、とまどっている。

鳥貝は住民票や入学許可証など、ありったけの証明書を持ってきていたが、窓口でのやりとりを思うと気が重く、べつの日にでなおそうと、すでにきめていた。実母の欄に記された居住地も訪ねない。今はただ、自分の生まれた土地に立つだけにしておく。それ以上の事実を受けとめる心がまえが、まだできていなかった。

もうだいぶ日がかたむき、東のほうに見える岬はかげりつつある。しかし、西の空はまだあかるく、長い午后がはじまったばかりのようだ。

海をながめるのは、鳥貝にとってまれなことである。夕景はなおさらで、風にふかれてせわしなく形を変える雲や、しだいに濃くなる波の影により暗さをます海のながめに惹《ひ》きこまれた。内陸の山あいの町で育った彼にとっては、汐《しお》のにおいや、ざわめきのいちいちが、あらたな体験だった。足もとでは、空よりも早く日暮れがおとずれる。

砂浜によせてくる波の、白くふちどられたへりが、いつしか薄闇にまぎれてゆく。ひと波ごとに、陰が濃くなる。日はまだ沈んでいなかったが、もう光がとどく範囲はかぎられた。

とつぜん、顔の長い犬があらわれて、鳥貝は飛びのいた。彼は犬を飼ったことがなく、大型犬にはとくになじみがない。

「ごめんなさい」

飼い主は女の人だった。浜風でなびく長めの髪を片手でかきよせながら、リードをひいて犬を自分のうしろへしたがわせた。男ものらしい薄手のコートも髪も、いっしょくたに細身の彼女にまとわりつく。四十代ぐらいだが、鳥貝の母とちがって、服装の好みや髪型を若いころとさほど変えずに現在をむかえているような人だった。

「……いいえ、おれも、おおげさにおどろいてすみません。大きい犬が苦手なんです」

「こっちが悪いのよ。リードを長くしてたんだもの」

犬をひざのあいだにはさんで、デニムのポケットからゴムをとりだした飼い主は、それで髪をまとめ、あらためて鳥貝のほうへむきなおった。どうしたわけか、その表情を、ふと曇らせる。だが、それは一瞬で、すぐにもとの人懐こさにもどった。

「散歩のじゃまをしてごめんなさい。ほら、ターシャ、おにいさんに、さようならしましょう」

防波堤のうえの道路で、ナオミ先生、急患です、と叫んでいる人がいる。同時に女の人の携帯電話もせわしないメロディを奏でていた。電話にでながら、堤防の人にも手で合図を送る。鳥貝のほうをむいて、それじゃ、と軽くほほえみ、犬をせかして走りだした。

それから数分後、鳥貝は日が沈みきるまで浜辺にいる、という当初の予定をかえて、道路を歩いていた。さきほどの飼い主と犬が走り去ったあとを追ってきたのだ。とくに理由はなかった。

なんだか、あの女の人に、まだたずねることがあるような気がした。はっきりとかたちにはならない直感だった。そのうえ、女の人のほうにも、なにか云いたげなそぶりがあった。

腹ごしらえをしながら地図をたどっていたとき、彼は実母の住所として記載された番地のすぐそばにクリニックがあるのを、目印としておぼえていたのだ。

まもなく、鳥貝は××浜クリニックという建物を見つけた。最近、あたらしくなったようすの鉄筋の三階建てである。隣接する家は旧宅のままらしく、モダンながらもどこかなつかしい設計だ。鳥貝はそうした住宅を、七十年代の建築雑誌で見たことがある。丁寧に使いこまれた雰囲気をもつ木造住宅だった。その庭さきに、さきほどの犬がいる。

クリニックの玄関横にかかげた診療科の案内のしたに、医師の名前がならんでいた。鳥貝はその名を読んで、棒立ちになった。百合子真一・百合子なお美と記されていた。

百合子の家

救急車が到着し、クリニックはにわかにあわただしくなる。立ちさろうとした鳥貝はうしろから腕をつかまれた。

「……はいれよ。素通りすることはないだろ」

百合子だった。

「おれは、……べつに訪ねてきたわけじゃなくて」

「偶然？」

鳥貝はうなずいた。

「百合子さんの家がここにあるとは知らなかった」

「買いとりにきたわけじゃないんだ」

「なにをですか？」

「写真」といって、百合子が携帯をとりだすまで、鳥貝はうかつにもそれを忘れていた。

「もっといいムービィを見せようか？」

「まだあるんですか？」

「だっていっしょに寝ただろう？　最初の晩に」

おどす口調ではない。ついさっき口をきいたときから、百合子にはこれまでのような、とげとげしさはなかった。だから鳥貝も、立ちさらずにとどまったのだ。

先ほど、なお美先生と呼ばれた女の人は、年齢から推しておそらく百合子の母親だろう。犬のよき飼い主にそなわった友好的な雰囲気を、息子がまったくうけついでいないとは思いたくなかった。

訪問者との立ち話がおわるのを行儀よく待っている犬のようすからも、百合子自身もよき飼い主であることがわかる。鶏の世話をやくようすが生きもの好きの人のそれであったのは、偶然ではないはずだ。テラスごしの窓辺のカーテンに人影がうつり、つづいて窓があけられた。年配の婦人が顔をのぞかせた。

「ユッくん、お友だちなら、あがってもらったらどう？　ターシャも待ちくたびれてるじゃないの」

百合子は、すぐに、と返事をして鳥貝にむきなおった。

「うちのばあさんだよ。あがれって云ってるから、さきに家のなかにはいってろ」

テラスから室内へ通じる、はきだしの窓がある。窓の内がわにもうひとつの窓が見えた。ふたつの窓のあいだは、ちょっとしたサンルームになっている。和の住宅なら縁がわにあたるところだ。

今の婦人は、その窓をあけたままどこかへ立ちさった。百合子はあいかわらずぞんざいな口ぶりだが、鳥貝をずっと悩ませていた敵意のようなものはまるでなかった。窓敷居に腰かけて、犬を呼ぶ。アフガンハウンドという犬種だと教えてくれた。犬は百合子のひざに前あしをのせ、拭いてもらうのを待っている。

鳥貝はそのかたわらでスニーカーをぬいで家のなかにはいった。

「おじゃまします」

「廊下にスリッパがある」百合子は室内の奥まったほうを指さした。

「百合子さんのなまえ、まだきいてなかった。……ユッくん？」

「こんど、それを口にしたら」と、百合子はデニムの腰の携帯をさし、「バラまく」

とつづけた。

「きいただけじゃないですか」

「千里眼の千里と書いて、ユキサト。名字の百より多くしたつもりらしい」

「いいなまえですね」

「どこがだよ。たいてい女とまちがわれる」

さきほどの婦人があらわれ、鳥貝はおじゃましています、とあいさつした。

「いらっしゃい。おかまいしたいけど、実はむこうに呼びだされてるの。この時間だもの、パートの看護師さんたちがもう帰る時間なのよ。そこへ急患でしょう。だから、ちょっと会計のほうを手伝ってくるわね。ごはんはもう炊いてあるんだけど、おかずの準備はこれからだったの。何時になるかわからないから、外へ出るか、てきとうになにか作るかして、さきに食べてくれる？」あとのほうは、百合子に云って出てゆく。

「オムレツでいいよ。安羅が、最高にうまかったと云ってたから。おれは、玉ねぎぬきで。そのほかは料理人にまかせる」

百合子は、鳥貝を台所へうながした。

「おれが作るんですか？」

「料理人だろ？　うまくないときは、泣かしてやる。だから、まじめにつくれ」

「けなされたぐらいじゃ、泣きませんよ」と強がったあとで、鳥貝は百合子が携帯電話を手にしたのを目でとらえて、けなすていどではすまない、もっと悪いことが起こるのだと理解した。

「……なにを撮ったんですか？」

「見せたじゃないか。かけ湯をして、湯船をまたいで湯につかるまで。……とちゅうでズームアップをいれたのは見せてなかったな。なんなら見る？」

「ズームアップって？」

「被写体を瞬時に大写しにする機能のこと」

「そんなことはわかってます。……なにを大写しに……したのかって」

「ほら、泣きたくなっただろ？　がまんしないで泣け。そうしたら、涙にめんじて、データを消してやる」

　このとき、鳥貝は泣くつもりはまるでなかったのに、ひとつやふたつ歳がちがうだけで子どもあつかいされている、そのことが情けなくてたまらなくなり、うっかり涙をこぼした。この幾日かのあいだに、涙腺がおどろくほどゆるくなっていた。ながらく泣くことを忘れてすごしていた彼にとって、ゆゆしき事態だ。

「なぐさめてほしかったら、ここへ来いよ」百合子は腕をひろげて云う。

「そういうことを、よく平気な顔で云いますね」

「……ばかだからさ」

声の調子が、急にひくくなる。

すわれ、とうながされて、鳥貝は顔を手でぬぐって百合子のかたわらへひざをついた。ターシャと呼ばれる犬がとなりにいた。足を拭いてもらい、遊んでくれるのを待っている顔つきだ。

鳥貝も犬とおなじく百合子がなにか云うのを待ちうけていたが、当人はそんなことなど忘れたかのように、ひざをかかえ、そのうえに顔を伏せたきりでいる。よりそっている犬は、わたしにまかせて、という目をして鳥貝を見た。だから彼は、台所へいってオムレツを焼くことにした。

きれいにつかいこまれた台所だ。冷蔵庫に卵と豆乳があった。まいたけとしめじもみつけた。ひとつぶんのオムレツにちょうどよいオーブン用の丸型の平皿もみつかった。その偶然を、鳥貝はあやしむことなく調理にとりかかった。

きのこを軽く炒め、平皿の底へならべる。そのうえから、卵と豆乳でつくった生地をながしこんだ。余熱をしておいたオーブンレンジにいれる。

スープをつくろうと思いついて、彼が具になる野菜をさがしているところへ、病棟と私邸をへだてた戸口に、女の人があらわれた。鳥貝が浜辺であった人だった。

「おいしそうな匂い」

そう云いかけて、その人は台所の奥にいる鳥貝に気づいた。彼は、こんばんは、と頭をさげた。女の人が笑顔になる。

「きっと、うちにいらっしゃるだろうと思ってたの」

百合子にしがみつかれた犬が、そこからぬけだせないまま、女の人にむかってしきりに尾をうごかした。

「千里《ゆきさと》、いったいどういうわけでお客さまを台所にたたせてるの？」と声をかけつつ、鳥貝のほうへむきなおって、「あの愚か者の母です。さっきはごめんなさい。名乗ろうか、どうしようか迷ったんだけど」

「いいえ。……急患のほうはもう？」

「まだ、時間がかかりそうなの。苦しがる妻をまえにすると、夫はあわててしまって、今にも生まれるって病院へかけつけてくるんだけど、波があるのよ。夜中になりそうだから、今のうちに、軽く食べておこうと思って」

「もうすぐ、焼きあがります」

「いただいてもいいの？」

「ちょっと変わったオムレツですけど」鳥貝は、できたてのオムレツを平皿ごとべつの皿にのせて、なお美先生の手もとにおいた。

「私はこれが好きなのよ」

なお美先生の口ぶりには、料理人をねぎらうだけではない親しさがこめられていた。

「……百合子さんのリクエストで玉ねぎはぬいてあります」

「そんなわがままをきく必要はないのよ。こんどから、たっぷりいれてやって」

知りあってまもないことを感じさせない親しさに、鳥貝はいくぶんとまどっていた。顔だちは百合子と似たところがあり、母子にはちがいなかったが、心やすさはだいぶちがった。

「どうして、さっき浜辺で私が名乗ろうとしたのか、不思議に思ってるでしょうね。私はあなたを知ってるの。一方的にだけど」

「おれは、さきほど着ていらしたコートに見おぼえがあって」

「コート？」

すぐさま反応したのは百合子だった。鳥貝が浜辺で彼女のコート姿に目をとめたのも、百合子が着ていたコートを連想してのことだ。つまりは、自分のコートでもあるからだ。

「ちょっと借りたのよ」となお美先生がかえした。母子のあいだで、もめごとが発生したが、至急指定のクリーニングにだしてかえす、となお美先生が約束してかたづいた。おいしい、と云ってオムレツを食べている。

「美羽子さんは、今夜のうちにつくと思うの。連絡をしたら、すぐに電車に飛びのってかけつけると云ってたわ」

「……え？」

「その件でいらしたんでしょ。謄本に出生届の届出人としてのっている美羽子さんの住所はここなんだもの。昔は病棟のとなりに職員の寮があったの。番地はここといっしょ。きっといつの日か、あなたがいらっしゃるだろうと思ってた。ご両親にも、そのときは息子がなっとくするように話してやってほしいとあらかじめ連絡をいただいていたの。でも、私がでしゃばるより美羽子さんが直接話すほうが……いいだろうと思って」

ことばがとぎれたのは、百合子がつかつかと歩いてきて母親をにらんだからだ。

「おれが話すつもりだったのに」

「なにを話すの？　あなたにそんな権利はないのよ。本来は、こんなふうに鳥貝くんを混乱させるべきではなかったし、ご両親にも同席していただくのが筋だった。もとはといえば、千里が勝手なことをするから」

鳥貝はそこでわってはいった。またしても母子の口あらそいがはじまりそうだったので、彼にとっての切実な話題が先にのばされるのをあやぶんだのだ。順序とか筋は、もはやどうでもよいことだった。

「……兄のことを教えてください。ご存じなんですよね？」

「それこそ、美羽子さんを待つべきかもしれない。……だいいち」と、ことばをとぎらせたなお美先生の視線をたどった鳥貝は、百合子がゆっくりと床にくずおれるのを見た。そのまま膝をかかえてうずくまる。すぐさまアフガンハウンドがかけつけた。

「ごめんなさい。この人のことはしばらく忘れて。底なしのばかなの。ターシャにまかせておけばいいわ。……すわりましょうか？　お茶をいれるわね」

鳥貝はうながされて、台所のテーブルについた。百合子のそばには、アフガンハウンドが優雅によりそっている。

なお美先生は鳥貝に背をむけて紅茶をいれながら、「……亡くなったの」と小声で口にした。鳥貝にも予感はあったのだ。

おとといの晩——学生寮に泊まった晩のことだ、彼が寝ていたところへしのびこんできた百合子は、眼裏《まなうら》にだれかの姿をかかえこんでいた。そのまなざしは、鳥貝を素通りして、だれかの面影を追っていた。そう気づいたとき、鳥貝は虚しいということばの意味を体感した。自分のからだに穴がうがたれ、風が吹きぬけてゆくようだったのだ。

戸籍謄本によって兄がいることを知ったとき、鳥貝は百合子がだれを見ていたのかをさとった。その人物がすでに消えていることも、かすかに意識したのだ。だから今、なお美先生が口にした事実を、うけとめる準備はできていた。

紅茶をついだマグを鳥貝の手もとにおいたなお美先生は、あとから、お茶うけをのせた菓子皿をだした。それは鳥貝にもなじみのある小さなパイだ。杏をひとつ、まるごとくるんである。

「千里が旅先から持ち帰ったの。だれが作ったものか、鳥貝くんもわかったみたいだけど、あの人が偽名をつかっているとしたら、どう思う？……なんて、謎かけするまでもないか」

「ミハルさんが、……美羽子さんだったんですね。……あぶなかった」

「なにが？」

「おれ、ミハルさんになんとかしてもらおうと思っていたんです。……あの、……女の人のまえでは云いにくいことですけど」

「ふたまわりもちがう人でも、そういう気になるの？」鳥貝はあいまいにうなずいただけだったが、そこで百合子が口をはさんだ。

「気は関係ない。医者のくせに、なにを寝ぼけてるんだよ。おれの高校のときのクラスでは、四人にひとりは母親と寝たことがあって、三人にひとりは男と寝てて、五人のうちふたりは十歳以上も年上の女とつきあっていて、のこりは退屈な同い年の女とごっこしてるやつと、たたないやつだった」

「泣いてたんじゃなかったの？」

「もう涸れてるんだよ。おふくろが死ぬときのぶんも、のこってない」

「あなたに泣いてもらわなくてもけっこうよ。たいした高校に通ってたじゃない。たしか愚か者があつまる男子校だったわね。たのんでもいないのに、いろいろ教えてくれてありがとう。参考になったわ」

「だろ？　で、そのうち十五人がどこかしらの医学部に進学した」

「なにが云いたいの？　もしかして医者の悪口？　それとも愚か者のために学費をだした親ばかを嗤《わら》うの？」

「だれが、悪口を云ったんだよ。嗤ったわけでもない。ただの結果報告だ。……おれのオムレツは？」

あとのほうは、鳥貝にたいしてのことばだった。たのまれたことを忘れて腰を落ちつけていた彼は、あわてて立ちあがろうとしたが、なお美先生がそれをとどめた。

「いいのよ。すわってて。ばか息子でごめんなさい。話がとちゅうになっちゃったけど、美羽子さんがあそこの町でお店をはじめたのは、生後まもなく養子にだした息子が、どんなふうに成長しているのかをそれとなく知りたくなったからなの。ナッちゃん（夏目《なつめ》くんっていうの、お兄さんのなまえ）の面影をもとめる気持ちがなかったと云えば、うそになるけど。……でも、ご両親のお許しがないうちは、名乗るつもりもなかった。ふた親がそろった家庭で成長してほしいと望んだのは、美羽子さんなんだもの」

なお美先生はテーブルに紅茶をついだカップをならべ、鳥貝に椅子にすわるよううながした。

「鳥貝さんご夫婦は、わたしの夫が勤務していた大学病院の患者さんだった。（このクリニックは義父とわたしがみていたの）こうした養子縁組は、双方の親の方針が一致していないと、のちに問題を起こしやすいものだけど、鳥貝さんご夫婦も美羽子さんも、子どものことを第一に考えるという点で共通の意識を持っていた。同郷でもあるし、良好な縁組だったと思う。美羽子さんは、このたびの帰郷を、あらかじめご両親にお伝えして、静かに見守ることを約束したの。そうして、鳥貝くんが二十歳になったら、すべてを話すことも確認した。だから、美羽子さんは鳥貝くんの家がどこにあるのか知っていたけれど、ちかよらなかった。学校へものぞきにいかない。そのくせ、縁があれば、ぜったいに出逢うはずだという期待、……というか確信を持っていたのよ。……路地ですれちがったとき、暗がりだったのにすぐわかった、と電話で私に云ったの。自慢そうに」

「なにも知らなかったから、あの店にはなんども通いました」

「なんとかしてもらいたくて？」

　口ごもる鳥貝のかわりに、百合子がまた、例の数字をあげはじめた。卵をボウルに割りいれようとしている。横目で見ていた鳥貝は、その手つきが料理にまったく向いていない人のそれだと気づき、立ちあがってあとを引きうけた。玉ねぎをたっぷりいれてやって、となお美先生が口をはさんだ。百合子はさりげなく携帯電話を手にして、鳥貝をおどした。

亡くなった人については、美羽子さんからじかに聞いてほしいというなお美先生のことばに、鳥貝はうなずいた。ただ、その人が夏目という風変わりな名であった理由は、教えてもらった。

「美羽子さんが、父親の名字をそのまま子どものなまえにしたのよ。名字を名乗らせてもらえないなら、ということで。ちょうど、夏生まれでもあったし」

「……その人物をご存じですか？」

「ええ。それも美羽子さんにまかせたほうがいいのだろうけど」

と、なお美先生はためらったが、鳥貝が知りたがっているのを察して話しだした。

「その人も、亡くなってるの。十年ほどまえに。出身地では、彼の実家を知らない人はいない、というような旧家の生まれなんだけど、自ら身内とは縁を切ったと云っていた。……手品師だったのよ。おそらく、バーテンとかフロア係をかねていたんだと思うの。地方のホテルや温泉地に数ヵ月の単位でとどまって、宴会場やナイトクラブではたらきながら、ショータイムのときに手品をするというふうだったみたいね。美羽子さんのご親族に、旅館の経営者のかたがいらして、その縁で知りあったらしいの。およそ家庭的な男性ではないから、交際相手に子どもができたからといって結婚するはずもなかった。でも、まるで無責任なわけでもなくて、すこしずつの生活費は送ってきたの。居場所は知らせてこなかったんだけどね」

「おれの、……（すみません）ぼくの父親もその手品師なんですか？」

「ええ、おなじ人（おれ、でかまわないわよ）。だから夏目くんと鳥貝くんは、正真正銘の兄弟だった。父親は、ひとところにとどまれないタイプの人。しばらくなんの連絡もよこさないくせに、ある日、ひさしぶりだな、なんて云って姿を見せるの。ふざけた男だとわかっていても、一度はまりこんだら、逃れられない縁って、あるんだと思う。男が姿を消したときは、もう二度と逢わないつもりでいるのに、もどってくれば、以前とおなじになってしまう。美羽子さんは、そう云うの。理屈では説明できないって。はじめのときも、別れ話もないまま、とつぜん姿をくらましたそうよ。彼女は、大学受験で上京して、試験会場へ向かわずにこの浜へ来たの。そのまま、郷里へももどらなかった。当時は病棟のとなりに看護師さんたちの寮があって、ちょうど人手がほしかったの。だから美羽子さんにはそこを手つだってもらうことになった。頭もいいし、ひたむきな人だから、その後三年ぐらいかけて栄養士や調理師の資格をとった。でも、そうやって母子で暮らしているところへ、あの男はふらっとあらわれるのよ。おかしなことに子どもは好きなの。だから、美羽子さんも、よりをもどしてしまうのだろうけど」

鳥貝は雨をついてあらわれた男のことを考えていた。水のなかから這いあがってくるように見えた男の顔だちは、もはや鮮明には思いだせなかった。だが、声はまだ聞こえてくる。坊主、と云って話しかけてくる声の調子に、幼い鳥貝は惹きつけられた。そのことばは、耳にというより、からだのなかのもっと奥深いところへながれこんでくる。忘れられない声だった。

坊主はツバメがいっぱいいる春の海辺で生まれたんだ。それだけ、おぼえておけ。

「……ミハルさんは、どうしてこちらのクリニックへ来たんですか？　受験で上京したなら、都内という選択もあったのに」

「わからない？　十七歳だったのよ。男に置き去りにされたら、なにができると思う？」

ミハルさんは髪を切って川へ流したと云った。鳥貝は今になって、軽口のように語られたあのことばの重みに気がついた。あとへは引けないことを自覚するための儀式が必要だったと、ミハルさんは云ったのだ。過去を捨てるつもりだった、と。

鳥貝は、現在の女主人の気質から連想して、あたらしく生きなおすという意味に受けとったのだが、十七歳の彼女にはもうひとつ別の選択もあったのだ。

「……死ぬつもりだったんですね」

「美羽子さんらしくないけど、彼女も当時は子どもだったから、秘密にしたり、悩んだりすることに疲れていたんだと思う。でも、実際に海をまのあたりにしたら、気が変わったと云っていたわ。それに、この浜辺じゃ、なかなか死ねないの。……波があればなおさら、どの時間帯だって人がいるのよ。しかも、ライフセーバーの資格を持った人がね。若い女の子が冬の海岸をひとりで歩いていたら、ほうっておくわけがない。すぐに、声をかけるわよ。そのころ、わたしは結婚したばかりで、しかも夫の父が院長をしていた病院の、つまりこのクリニックの研修医だったんだけど、それ以上にサーファーだったのよ。私も夫も、子どものときからこの海で育ったの。いつものように、夜が明けてまもない浜にきて、ひとりで海をみつめている彼女と出逢った。美羽子さんとは、そういう縁なの。夏目くんもこの手でとりあげたし、鳥貝くんのからだにこの世で最初に手をふれたのも私よ」

「……え？」

「だってここ、産科よ。その日のことを、くわしく知りたくなったらいつでもきいて。まだ、ちゃんとおぼえているから」

鳥貝は、ツバメのことをたずねようとした。だが、迷っているときにドアホンが鳴った。百合子が玄関へかけつけた。こんばんは、という聞きおぼえのある声がひびく。鳥貝は女主人、というかミハルさん（美羽子さんでもある）があらわれることを承知していながら、なぜかテーブルについたまま身がまえた。しかも、ほとんどいれちがいに、なお美先生は呼びだされて病棟へひきかえしていった。

ミハルさんは気のきいた人物だけあって、すぐに食べられそうな惣菜をたくさん買いこんできていた。三人でそれを食べることになった。百合子が、さっそく手つだっている。鳥貝は目であいさつをするのがやっとで、あらたまって話すことなどできそうもなかった。

「いつもどおりで、いいでしょ？　わたし、そのつもりで来たんだけどな」

ほんとうにいつもと変わらない口ぶりだった。

「……それは、そうだけど。……説明も弁解もなし？」

鳥貝はうろたえつつ、ようやくそれだけ云った。

「大うそをついていたこと？」

「自覚しているなら、もういい。……ただ」

「ただ？」

「もしおれが、告白してたら、どうするつもりだったのかなと思って。……気づいてたと思うけど」

ミハルさんはうなずいた。

「気持ちだけ、ありがたくって答えようときめてたけど、ちょっと迷った」

平気な顔でそんなことを云う人に、鳥貝はどうかえしてよいのかわからず、口ごもってしまった。

そばで聞いていた百合子がまたしても「だから、おれの高校のクラスでは四人にひとりが」と云いかけて、そこでやめた。彼の祖母があらわれたのだ。まっとうな人物に聞かせる話ではないと判断するくらいのつつしみは、百合子にもあるのだった。というより、その口の悪さや、人を喰った態度に反して、百合子がこの家の人たちの手でまともに育てられてきたことを、鳥貝はとうに感じとっていた。無軌道なようでいて、ちゃんと節度と分をわきまえている。計算ではなく、身についている。鳥貝にたいするふるまいのほうが、むしろ例外的なのだ。

誕生日

なお美先生と交替したようすの院長が姿をみせた。百合子の父である。先代が二年ほどまえに亡くなったため、大学病院を辞して、このクリニックの院長になった。

ミハルさんがあいさつをするあいだ、鳥貝はその付属品のようにうしろにひかえていた。ターシャは待ちきれない表情でうろうろとあるきまわり、客人のあいさつがすんだとたん、うれしそうに院長に飛びついた。どうやら、彼女にとっての頭《ヘッド》も院長のようだ。安心して甘える犬の姿に、鳥貝の気持ちも和んだ。

院長はミハルさんが用意した夕食で腹ごしらえをはじめたが、ゆっくり休息する間もなく、ふたたび呼び出しがかかった。鳥貝のほうを向いて、すまないね、と詫びる。

「せっかく訪ねてくれたのに、落ちつかなくて申しわけない。きょうは入院している患者さんが多くてね」

「……いいえ。こちらこそ突然おうかがいしてすみません」

「春生まれは、佳き人になるんだ」そう云いのこして、院長はあわただしく廊下を歩いていった。

鳥貝は今、なんとも云いがたい不安にとらわれていた。この家に招きいれられて以来、消えることのなかった不安だ。だれもが初対面とは思えない気やすさでふるまい、心のこもったことばで語りかけてくる。その理由は、聞かなくてもわかっていた。彼らは鳥貝に亡くなった人の面影を重ねているのだ。

「鳥貝」

百合子が二階へ通じる階段をのぼりながら呼んだ。ミハルさんは台所で百合子の祖母と話しこんでいる。鳥貝は、百合子のあとにつづいて、二階にある彼の部屋へいった。

　書棚や収納家具がすべてつくりつけられた洋間で、すっきりしている。そこへ、大きめのベッドをいれてあるところが、いかにも百合子らしかった。だが、鳥貝は百合子がここでハメをはずすことなどないのを、うたがわなかった。身内への不満をかかえた人物の部屋ではない。むしろ、このうえなく愛されている人のそれである。

　東南に角柱のない腰高のはめこみ窓があり、今はブラインドをおろしているが、方角から推測すれば、パノラマのように海辺が見わたせるにちがいなかった。その窓の東面に机がある。南面の窓辺には、三人がゆったりすわれそうな大型のソファがおいてあった。百合子はそこへ鳥貝をうながした。おどろいたことに、部屋の奥には小さなキッチンがあり、テラスへぬける戸口へとつづく。軒《のき》の深いテラスのすべてが、百合子の専用になっているらしい贅沢さに、鳥貝は目をみはった。

　百合子はティーバッグの紅茶をいれてはこんできた。

「もとは親父の部屋だったんだ。おれのために豪勢にしてあるんじゃない。じいさんが、跡とり息子に期待して建てた家なんだ。だから、おれは間借り人。家賃をとられてるんだよ、この部屋。今は前借りで、将来就職したら、返済することになってる」

「こんないい部屋があるのに、なんで寮に？　ここから大学に通うのだって、おれの田舎の感覚だったら、ふつうの移動距離です」

「住めば？　三万円でいいよ」

「それなら、寮のほうが安い」

「ここは、まかないつきだから、料理人をしなくてすむ。くわえて、毎日のターシャの散歩をひきうければ、月額一万円が支給されるよう、ばあさんに交渉してやる」

「大きい犬は苦手なんです。百合子さんのところの犬はおとなしいけど」

「……へえ、そうなんだ」

意外そうな口ぶりは、鳥貝にべつのことを意識させた。

「兄はターシャにも好かれていたんですか？」

「ああ、彼女も夏目さんのことが大好きだったよ」

百合子は一語一語を区切るように云った。

「……なんですか？」

「はじめてだろ？　夏目さんのことを口にするの。……ずっと不思議だったんだ。生き別れの兄がいると知り、知ったとたんにその人がすでに死んだと聞かされたら、どうして死んだのか、どんな人だったのか、知りたくなるのがふつうだろ？　なのに鳥貝は、夏目さんのことなどたずねもせずに、平気な顔をしている。それを知りたくてここへ来たんだと思ったのに。そうじゃなかったのか？」

「……どうして」

鳥貝は声をつまらせた。だが涙がこぼれるのは、かろうじてこらえた。このうえ、百合子に子どもあつかいされたくないという意識がはたらいた。

「泣け」

「泣きません」

するとと、百合子は手をのばして鳥貝の頰に指をふれた。そのとたん、鳥貝の目から涙がこぼれ落ちた。

「泣かすのは、得意なんだ」

「そんなの、自慢になりませんよ」彼は百合子の手をよけて、自分のシャツの袖口で顔をぬぐった。

「……で？」

「平気なわけがない。……この海についたときから、ずっと兄のことばかり考え、どんな人だったのかを知りたいと思っていました。その一方でこわかった」

「こわい？」

「兄について、おれはなにも知りません。顔だちも、人となりも、いっさい。百合子さんの家の人たちが親切に接してくれるのを、ありがたく思うのと同じくらいに、苦しかった。……兄が、まわりの人たちに愛されていたのだと知れば知るほど、おれは自分がどうふるまえばいいのか、わからなくなる。なにをしても兄とくらべられていると、感じてしまうんです」

「だから、それがなんでこわい？」

「……消えそうになるから」

なにが消えるんだ？ と百合子の目が問いかけている。鳥貝は、そのまなざしを直視できない。自分のからだを素通りしてゆく視線に耐えられなかった。

「おれの家族は、夏目さんの弟というだけで鳥貝を歓待しているわけじゃない。それぞれが鳥貝を個人的に気にいったんだ。美羽子さんも、兄と弟を同一視しようなんて気持ちはないはずだ。むしろ、似ていないことにおどろいているんじゃないかと思う。鳥貝がはなはだしく誤解しているから、つけくわえれば、夏目さんと鳥貝は、からだつきも顔だちも、まるでちがう。たぶん、夏目さんは父親似なんだろう。多飛本なみに背が高く、メガネもかけていた」

百合子は戸だなからアルバムをだしてきて、鳥貝のまえにならべた。

「そのいちばん古いのは、美羽子さんの家にあったのを借りているんだ。あとは学校関係の写真と、おれが写したのと、旅行好きだった夏目さんが旅先で撮ったものだ」

いくぶん色あせた表紙をひらけば、鳥貝がこれまで知らずにいた肉親と対面することになる。実の母や兄がそこにいて、カメラにむかってほほえんだり、景色のなかにとけこんでいたりするのだろう。

ほんのすこし腕をのばすだけでアルバムに手がとどくのに、鳥貝は動けずにいた。彼の意識が、知りたくない、見たくないとのぞんでいる。彼はソファから立ちあがった。

「……帰ります。もう遅いから」

歩けるつもりだったが、二、三歩さきで足がもつれてたおれこんだ。からだと意識がうまくつながっていなかった。百合子が、はじかれたようにかけつけた。

「鳥貝？」

「だいじょうぶです。……なんでもありません。ちょっと足がもつれただけです」

「泊まっていけ」

「……おどしですか？」

「そう思いたいなら、勝手にそう思え」

投げやりに云って、百合子はさきにソファにもどった。鳥貝もそのあとにつづいてすわった。百合子の腕がのびて、鳥貝の胸もとに指さきをおいた。

「おれが今、なにを考えてるかわかる？」

「……わかりません」

「鳥貝をはだかにして、思う存分ながめたい」

「おれは」

鳥貝が立ちあがりかけたのを、百合子がソファへひきもどした。

「落ちつけよ。ただの妄想じゃないか」

百合子はローテーブルのアルバムを片づけようとする。鳥貝はミハルさんの手もとにあったという古いアルバムに手をのばした。

「これだけ、見せてください」

「おれが撮ったのも見ろよ」

「……あとで」

寮があったころの、産婦人科医院の古いたてものを背景にした母と赤ん坊の写真ではじまっている。だが、その後は母親といっしょの写真はなくなる。写真館であったり、祝着を着ていたりするものの、子どもだけがすこしずつ成長してゆくのだ。兄の顔だちが、自分の幼いころと似ているのか、いないのか、鳥貝にはわからなかった。彼自身が、子どものころの写真をながめることなど、ほとんどなかったからだ。

四、五歳の子どもがはにかんでたたずんでいる写真があった。鳥貝はそれが自分であることに気づいた。彼がそのころ気にいって持ち歩いていたポシェットを肩がけにしているからである。ひつじ年生まれにちなんで、ひつじのアップリケがしてあった。祖母の手製だ。

その当時、彼の好きな動物は、ひつじだった。なにか描いてごらん、と云われると、迷わずひつじの絵を描いた。それは、おとなから見れば、雲なのか綿菓子なのかわからない絵だった。

彼はまた、生きているひつじの尾っぽをひっぱれば、するするとほどけて毛糸になるとも思っていた。

幼稚園児の彼が両足をそろえて立っている背景のたてものは、まぎれもなく実家の母屋だった。べつの写真は庭先で、杏の花が咲きこぼれる木の下に、真新しいランドセルを背負った彼がいた。

「……このアルバムって」

「そうさ、鳥貝の成長記録だよ。鳥貝の両親がおりおりに送ってくるのを、美羽子さんがアルバムに仕立てていたんだ。一枚ずつ、心をこめて貼っているようすが目に浮かぶだろう？　愚かな人だったら、そこに自分の思いや何かを書きこむにちがいないよ。でも、美羽子さんはそれをしない。遠くで暮らす叔母くらいの気持ちで、幼い子の成長をひそかに見守るだけだ。夏目さんにもないしょにしてあった。彼だって、弟がいるとは知らされていなかったんだ」

アルバムは、鳥貝が小学校を卒業したときの写真で終わっている。それ以後の写真がないのは、思春期になった鳥貝が自意識過剰になり、写真におさまるのを拒んだからにちがいなかった。べつに両親を困らせるつもりはなかったが（誠実な彼らが、実母にあてて詫び状を書く姿が目に浮かんだ)、鳥貝にも彼なりの都合があったのだ。

「兄もこのアルバムを見たんですか?」

「……ああ。亡くなる半年ほどまえに、美羽子さんが見せたんだ。弟がいると知らされて、夏目さんはよろこんでいたし、逢いたがっていた。でも、ためらいもあったんだ。それで、おれがかわりに偵察しにいった。おととしの六月ごろだ。鳥貝が高校二年のとき。おれは三年だったから、授業がほとんどなくてひまだった」

「ひま? 受験生なのに?」

「おれのところは進学熱の高い高校で、教科書は二年で終わる。あたらしくおぼえることがないんだから、ひまだろう?」

「受験勉強をするんじゃないんですか?」

「わざわざ?」

世の中には、とりたてて受験にそなえず、予備校にも行かずに進学する者がいるのだということを、鳥貝はあらためて認識した。彼としては、百合子がなぜ(両親とも個人経営のクリニックの医者で、その跡とり息子であるにもかかわらず、しかも学力では問題なく入れたにちがいない)医学部ではなく、工学部の建築科を選んだのかをたずねてみたくはあったが、それこそ、すんなりこたえが返るはずもない。だから、きくのをやめた。

それに、おそらく百合子は、先に建築科で学んでいた夏目のあとを追うように進路をきめたのではないかと、鳥貝にはそんなふうに思えた。

百合子は、手もとでべつのアルバムをひろげている。そこには鳥貝にもなじみのある旧街道ぞいの風景や点在する古い蔵の写真が整理されていた。鳥貝が通っていた高校の校舎の写真もある。旧式の建物の写真のなかにあって、それだけは建築後九年ほどしかたっていない。

「……おれは夏目さんの特使のつもりで、鳥貝がいる町へ出かけたんだ。例の建物調査をでっちあげて歩きまわり、あれこれ聞きまわった。美羽子さんには、正体をあかすなとクギを刺されていたから、はじめは遠くの地域にはいり、ようすを見ながら、だんだん目標にちかづいた」

「あれは、でっちあげなんですか？　中蔵田さんは本気にしてるのに」

「今は、そういう話をしてるんじゃない」

「……わかってます。でも、あのノートはでっちあげとは思えないほど綿密だったから」

「夏目のノートだよ（ごめん、ふだんはそう呼んでいたんだ。自分の兄でもないのに）。おれの撮った写真や土地の人に聞いた話のメモをもとに、自分であつめた情報もくわえて、まとめあげたんた。そういう人だった。もともとフィールドワークが得意だった。歩きまわり、訪ねまわり、その先々で人に好かれ、動物に好かれた。時間さえあれば、磁石と地図をもって旅をしていた」

「百合子さんは」と云いかけて、鳥貝は気を変えた。兄がどんなふうに生き、いつどんな理由で亡くなったのか、それを話すのはつらくないのかと、たずねようとしたのだ。だが、そのこたえの察しはつく。ほんとうは、どのくらい深くつきあっていたのかをきくつもりだった。だが、それを知ってどうする気でいたのか、鳥貝は自分でもわからなくなった。百合子の胸にある兄への思いの深さに、うろたえている。そのことに気づいて、彼は愕然《がくぜん》とした。

百合子の手がすっとのびて、鳥貝の手にふれた。彼はそこに指輪をしたままだった。はっとして引っこめる間もなく、百合子はその指輪ごと鳥貝の手をつかんだ。

「捨てなかったんだな」

「ティッシュをうけとったときは、指輪のことだと思わなかったんです。……でも、ぬけないから今は返せない」

鳥貝は今になって、百合子がおなじ指輪をしていることに気づいた。ペアリングだったのだ。

「受けとれ」

……。鳥貝は指輪が本来だれのものかをたずねたかった。そのまえに、ことばを封じられた。彼は自分のまっとうさをうたがわなかったが、百合子とかわすキスを拒んでいないのも事実だった。それは、初めの不意うちからずっと変わらない。百合子のなにかが、鳥貝が今まで奥深くしまいこんできた領域にとどくのだ。だが、同時に百合子が自分にかかわるのは、兄の身代わりとしてなのだということも、あたまをはなれなかった。

もう夜なのに、どこかでツバメが啼《な》く。波音もする。その音にまじって、部屋の扉をたたく音がした。百合子はゆっくりと鳥貝からはなれて、扉のほうを向いた。

「だれ？」

「わたし。アプリコットのタルトを、おみやげに持ってきたのよ。冷蔵庫にはいれないでおくから、はやめに食べてね。わたしは、そろそろ失礼するわ。ホテルをとってあるの」

ミハルさんの声だった。百合子は立っていって、扉をあけた。

「ホテル？　ここへ泊まればいいじゃないか」

「ひとりで来たと思うの？」

「……ふうん。いたんだ、そういう男」

「悪い？」

「べつに。懲りないな、と思っただけ。……送るよ。どこのホテル？」

「大丈夫。知らない土地じゃないもの」

「外の空気を吸いたいんだよ。たぶん、鳥貝だって」

鳥貝はうなずいた。彼は単純に、女の人が夜道をひとりで歩くのは危ないと思ったのだ。

歩きだしてすこしたったころ、ミハルさんが「ちょっとだけ、夜の海をながめにいこうか」と誘った。

防波堤をこえて浜におりた。波うちぎわは、すぐそこまで迫っている。深く暗い。海になれない鳥貝は、そんなことにおどろかされた。海は黒々と横たわっている。鳥貝は、はてもなくそれがつづくのかと想像しただけで、息がつまりそうになった。

「……ユッくんに話しておくことがあるの」

ミハルさんが、あらたまった調子で云う。鳥貝は、それとなく彼らから離れた。

「わたしが云うとなんだか変だけど、年長者のおせっかいだと思って聞いて。鳥貝くんはすごくいい子なのよ。だから、お願い。傷つけないで」

「おれは、べつに傷つけるつもりなんか」

「……ない？　ほんとうに？　安羅くんが心配して電話をくれたのよ。鳥貝くんが無事でいるかどうか。あなたが、すでにしてしまったことも聞いたわ。写真でおどしたり、鶏小屋に閉じこめたりしたこと」

「泣かせようと思っただけだ」

ふたりの話は鳥貝を素通りしていた。彼の意識は夜の海に吸いこまれ、おなじ場所に立っている気がしなかった。

「あなたって人には、呆れるわ。飛びぬけて頭はいいのに、することは小学生なみだものね。……あのときも、そうだった。みんなとの申しあわせを破って、ひとりで鳥貝くんに逢いにいったのよね。思いこんだら、まわりの都合などおかまいなし。それでも、鳥貝くんとは接触しないでもどってきたから、ゆるすけど。最後には理性をとりもどしたってこと？」

「理性があれば、だれがなんと云おうと鳥貝に事情を打ちあけていたさ……。それが夏目を救うたったひとつの可能性だったんだから。でも、そうしなかった。声すらかけないで帰ってきた。うらやましいくらい無防備で、平穏そうに暮らしている鳥貝を見ていたら、とても厳しい選択を迫る気になれなかった」

「後悔してるの？」

「……していない。あの場に夏目がいたら、おなじ判断をしただろうから」

「そのとおりよ。事情を知れば、鳥貝くんの穏やかな生活は一変していた。受験とはまるでべつの、動揺と重圧と不安とに占められたと思うの。夏目は、そんなことをのぞんでいなかった。ただ、鳥貝くんの大学受験がすむのを待って逢ってみたい、それによっては、自分で話をしてみたいと云っていた。……間にあわなかったのは、だれのせいでもない。だから、わたしたちは鳥貝くんが夏目の死にたいしてわずかでも負い目を感じることのないよう、それだけを心がけるときめた。それが夏目のねがいでもあり、鳥貝くんにちかづく目的なんだって、あんなに確認したじゃない。……わすれたわけじゃないでしょう？」

と云って百合子のほうを見たミハルさんは、ためいきのような笑い声をもらした。

「……なにを云ってもむだよね。好きになっちゃったときは。わかるわよ。経験してるから。それにユッくんは、がらにもなく一途《いちず》だものね」

「だれが！」

「深追いすると逃げられるかもよ。百合子は、それでいつも失敗するって、安羅くんが云ってたもの。だまって待っていれば、かならず向こうからよってくるのにって」

「おれは、べつに深追いなんか」

暗い海が、鳥貝の目のまえにあった。潮が満ちている。彼は、黒いコートをひるがえした男が海のなかからあらわれて上陸してくるのを待った。ハンカチを鳥の姿に変えて、この海へ飛ばしてほしかった。

夜の海をわたってゆく白い鳥をそこに見ようとして、鳥貝はじっと目を凝らした。そのとき、うしろからそっと、ひじをつかまれた。

「かくしごとをしているみたいで、ごめんなさい。でも、鳥貝くんを心配させたくなかったのは、ほんとうなの。夏目とかかわりのあるみんなが、できるだけのことをしてくれた。夏目はそれだけで救われているの。本人もそう云ってたんだから。それを信じて」

「……亡くなって、どのくらい？」

「今年の一月に、一周忌をすませたの。でも、十日まえだろうと十年まえだろうと、もどらないという点ではおなじよ。彼を偲ぶことがどんなに貴くても、生きている人の人生のほうが大事なのよ」

「こんどは、髪を切ってどこへ流したのか、きいてもいい？」

「当ててみて」

鳥貝は、むり、という意味で首を横にふった。

「夏目が眠っているところへ埋めてきたの。おかしいでしょ」

「どこが？」

「だって、母親から女にもどるってことを夏目に承知してもらうための儀式だったんだもの。だから、わたしはもう女で、母親じゃない。むろん鳥貝くんにとってもよ。わたしはただのサイドストーリーの女。うちあけ話もこれでおしまい」

「おれは、なにもかも知るつもりでここへ来たんだけど」

「それなら、まずはアプリコットのタルトを食べてきて。夏目が好きだったの。季節はずれでも、おかまいなくリクエストするのよ。干し杏でもいいって」

「おれも」

「よかった。きょうのも干し杏のピュレをつかったのよ。……お願いだから、はやめにたいらげてね。日もちしないの」

「鳥貝」しばらく口をはさまずにいた百合子が、鳥貝の肩に手をおいて、前方をさした。こちらを見守るようにたたずむ人影があった。

「迎えがきてる」

「……だれ？」

「ばか。彼氏にきまってるだろ。帰るぞ」

百合子はもう、きびすをかえしていた。たたずむ人のジャケット姿に鳥貝は思いあたるところがあった。ミハルさんは、その人に合図を送ってから、ふたたび鳥貝のほうへ向きなおった。

「あの人は坂井さん。こんどあらためて紹介するけど、きょうはここでね」

ミハルさんは胸もとで小さく手をふった。鳥貝もそれにこたえて、おぼつかなく手をふりかえし、百合子のあとを追った。彼の心のすきまは、まだ埋まらなかった。そこへいれこむべき部品を見失っている。だから、まっすぐ歩けない気がした。

「鳥貝くん」

呼びとめられて、彼はふりむいた。ミハルさんは駆けよってくる。

「あのね、あなたと夏目は一度だけ逢ったことがあるの。うんと小さいとき。あの人も、……あなたたちの父親もいっしょだった。ほんのわずかな時間だけど、家族四人がそろったの。おぼえてる？」

鳥貝はうなずいた。ようやく今、幻の冒険が現実になった。それからね、とミハルさんは折りたたんだハンカチをさしだした。

「……どうしようか迷ったんだけど、これ」

それにふれたとたん、鳥貝の意識のなかで、あわあわと白い花がひらいた。真新しい雪のような白い花の、そこはかとない軽い感触が、手のひらのうえでよみがえった。

「あの人があなたのポシェットにいれたハンカチ。わたしが、こっそりぬきとったの。小さな子どもに、おとうさんはふたり必要ないもの。だけど今は、ふたりいてもいいよね？」

鳥貝は涙をなんとかこらえ、口もとに笑みを浮かべた。

「三人でもかまわない」

「ありがとう」

ミハルさんは、こんどこそ高くかかげた手をふりながら遠のいていった。

百合子の家の台所の食卓で、鳥貝はアプリコットケーキのつつみをほどいた。そこにはカードと十八本のロウソクがそえられていた。カードには「すこしはやいけど、お祝いをしているうちに、きっと日づけがかわると思うの。誕生日おめでとう！」と書かれていた。

「つまりこれは、鳥貝のケーキだ」百合子は興味をうしなったように、居間のほうへあるきだした。

「要らないんですか？」

「祝ってほしいなら、相伴してもいい」

「いやなら、むりにとは云いません」

背をむけた鳥貝のうしろから、百合子が腕をのばしてケーキの写真を撮った。

「はやく、ロウソクを立てろよ」

鳥貝はタルトのうえにかぶせてあった半透明の円い紙をはがした。それを三回折りたたむ。ハサミで半分ほどの大きさにし、先のとがったところを小さく切りおとした。それからふたつの縁のまんなかにハサミで穴をあけた。さらにもう一度折りたたんで、あたらしくできた縁のまんなかにも穴をあけた。ひろげると、中心の穴とそれを囲む十六の穴があいた。鳥貝はそれを、ふたたびケーキにかぶせた。

「なにしてんの？」

「ケーキにロウがたれるといけないから、この紙の穴のところにロウソクをたてるんです。まんなかに二本、まわりに十六本」

「鳥貝、……おまえって変人だったんだな」

「百合子さんに云われたくないです」

鳥貝は、蜜蠟のそのままの色のロウソクを用意した女主人のほどよい趣味を思いながら、ロウソクをならべた。それから火をともした。

「暗くしよう」

灯を消しに行った百合子は、もどってきて鳥貝を抱きすくめた。たがいに着ているものが薄いので、肌の温もりが感じられた。百合子は、鳥貝のシャツのしたへ手をくぐらせる。

「……百合子さん」

「おれは変人じゃなくて、変態なんだ。……鳥貝がほしい」

「ここ、台所ですよ」

「ベッドならいいのか？」

「兄のかわりはできません。おれ、……そういうのは」

百合子のからだが、一瞬冷たくなった。血の気がひく、というのはほんとうなのだ。

抱きつかれていたせいで、鳥貝にもそれがはっきりつたわった。

「かわりだといつ云った？　誤解するな。夏目とはべつになにもしてない。かけねなしの兄だったんだ。いっしょに育ったんだよ。美羽子さんはずっと寮に住みこんではたらいていたから。おれは親たちがクリニックで忙しくしているあいだ、いつも美羽子さんのところにあずけられていたんだ。泊まることも、しょっちゅうだった。子どものころは、夏目と実の兄弟のつもりだった」

「じゃあ、なんでおれにかまうんですか？」

「理由？　……好きだから」

「そんなこと、ストレートに云われても困りますよ。……おれの、顔と声がきらいだと云ったじゃないですか？」

百合子は、ものめずらしそうに鳥貝をみつめた。

「鳥貝は、人を好きになったことがないんだな」

「……あります」

「女？」

「それがふつうですよ。百合子さんはどうして」

「変態だから。そう思ってるんだろう？　はっきり云えばいいさ。気色悪いし、不愉快だし、おぞましいって」

「そんなことを、云うつもりはないです。……百合子さんとキスするたびに、なにも考えられなくなって、頭のなかがくらくらする。でも、それがなんでだかはわからない。おれは、ずっとふつうの男のつもりで生きてきたんですよ。女の子ともつきあっていたし、女の人と寝たこともあります」

「……あるんだ？　女の子とはべつなわけ？」

「べつです。……おれが住んでいた地域では、予備校は遠いし塾は不足しているから、休みの日に模試を受けにゆくだけで、たいていは家庭教師をたのむんです」

「それが、女の人？」

「そうです。高学歴でも、女の人は地元にのこっているんです。二十代後半から三十代なかばくらいの人が多くて、彼氏もいる人だから恋愛ぬきです。勉強中の中休みみたいなもの。そういうのだと、親も気づかない。同級生の女の子とは、予備校の模試の帰りにいつも夜道を自転車で走っていたのに、キスをして、ちょっと抱きしめただけ。彼女の家まで送り届ける役でしかないと思っていました」

「……なあ、ロウソクがだいぶとけてるみたいだけど、そろそろ吹き消せば？」

百合子はもう、鳥貝の思い出話に興味をなくしていた。とけだしたロウは、鳥貝があらかじめ用意した紙のうえに、まだかろうじてとどまっている。彼は椅子にすわって、ケーキを手もとにひきよせた。

「一度で消せよ。のこったロウソクの本数だけ寿命が縮むんだ」

「聞いたことありませんよ、そんな話。写真、撮ってくれないんですか？」

「撮るさ」

百合子は鳥貝の背後へまわって腕をのばした。その手にカメラをかまえている。自分もいっしょに写るつもりなのだ。

「ほら、はやくしろよ。待て、おれの美声で唄ってやる」

百合子はおきまりの唄を口ずさみはじめた。彼の胸廓のふるえが鳥貝にもつたわってくる。こんなおかしな誕生祝いははじめてだった。息をためて、ロウソクの火を吹き消そうとしつつも、鳥貝は百合子がなにかするのではないかと、そればかり気になった。そういう性質の人物であることに、鳥貝もだいぶなれてきた。

……Happy birthday to you,
ロウソクを吹き消したとたんに、百合子に抱きしめられた。こんどは先ほどよりずっときつく腕をからませてくる。あらかじめ台所の灯を消してあったので、あたりは薄闇だった。

「……百合子さん、おれ」

「わかってる。まともな男なんだろう？」

「そうじゃなくて、ロウがながれださないうちに、アプリコットタルトが食べたい……んですけど」

「おれは鳥貝を食べたい」

「……だから、今すぐ抱かせろとか、ほしいとか云われても困るんです」

「それなら、見せてくれるだけでいい」

「それもだめです」

「さわらないから」

百合子の携帯電話が光っている。メールの着信だった。

「鳥貝にだってさ」

百合子は携帯電話を鳥貝にあずけた。ミハルさんからである。

《一弥（今だけ、そう呼ばせてね）、誕生日おめでとう。ほんとうにこの時間なの。真夜中だったのよ。ご両親とは、一弥が二十歳になったら、真実を話そうって前々から打ちあわせていたんだけど、ぬけがけしてしまったことは、わたしからお詫びしておきます。あしたはお店をあけます。それじゃあね》

エピローグ

　百合子の家に泊まった鳥貝は、早朝にひとりでそこを出て寮に向かった。百合子の部屋で寝たが、むろん、ベッドはべつだった。百合子はまたしてもソファに寝ると云いはった。鳥貝も客としてそれを申しでたが、結局おしきられた（例によって、百合子は携帯電話を盾にした）。ありがたいことに、昨夜の百合子はしのび泣きをもらすこともなく、鳥貝が就寝中のところへこっそり忍びこんでもこなかった。

　朝になって、鳥貝が浅い眠りからさめて起きだしたとき、百合子は寝相よくソファにおさまり、おだやかな寝息をたてていた。鳥貝は、その寝姿をしばらく見物した。

　実家から送りだした荷物は、午前中に寮へ届くことになっている。ターシャの散歩をすませてから追いかけるという百合子をのこし、鳥貝はひと足さきに東京へむかった。

　誕生日を祝ったあとの真夜中すぎ、彼は実家の両親と電話で話をした。鳥貝から連絡があるものと思い、ふたりとも起きて待っていてくれたのだ。

母の口から、兄が骨髄移植を必要とする難病であったことを知らされた。兄弟であれば、ＨＬＡの型が一致する確率が高く、そのために鳥貝の存在が夏目に明かされたのだった。

鳥貝の両親は、すぐにも本人に血液検査をうながしてみると申しでたが、鳥貝が翌年に大学受験をひかえていたことや、成人に達していなかったことから（身内は若年齢でもドナーになれるが）、夏目自身が、弟の高校卒業を待って自分の口から伝えたいと希望したのだ。鳥貝の両親は幼いときの夏目に逢ったことがあると云う。養子縁組を進めるにあたってミハルさんと面会した席に、彼女が連れてきていたのだ。

そのときも、しっかりしたお子さんだったけど、ひさしぶりに話した電話口の声もまちがいなくおとなで、長男とはこういうものかと、つくづく感心したわ。

母はよけいな感想をもらした。実兄がいることを知る以前は、鳥貝もひとりっ子の長男として生きてきたのだ。やまほど反論はあったが、兄のようすを伝えてもらうことのほうを優先した。

鳥貝の両親は、事実をいつ伝えるかもふくめて、夏目の判断にまかせることにした。その半年後に容体が急変して、夏目は移植を受けることなく亡くなったのだ。二十一歳だった。

寮の六号室が兄の部屋だったことを、百合子に教えられた。家賃滞納の話はうそで、百合子はもとから寮生ではなく自宅から通学している（ターシャのために）。鍵のかかったクローゼットやひきだしには、百合子によって意図的にのこされた兄の私物がしまいこまれている。百合子は出がけの鳥貝にその鍵を託した。

この春、雨のなかを歩いている百合子を目にした鳥貝の父は、その若者が世話になった医師の息子だとは知らずに声をかけ、雨宿りをうながして家につれ帰った。百合子が名乗ったことで、身元はすぐにわかり（なにしろ、めずらしい姓なので）、夏目のことをふくめたさまざまな事情が、百合子と鳥貝の両親のあいだで話題となった。だから鳥貝が帰郷したさいの母が、百合子とすっかり打ち解けていたのも不思議はない。彼らは百合子の両親とも、とっくに連絡をとっていた。

鳥貝だけが、なにも知らずにいたのだ。こっそり謄本をとったことをうしろめたく思いつつ出生地を訪ねたのだったが、彼の胸のうちや足どりを、両親はとうに承知していたのである。

幼い日の彼の冒険を（わざと）見のがしたように、今回もわざと気づかないふりをしていたにすぎなかった。

鳥貝は兄の遺品とむきあうことをためらった。遠い日に、彼の目の前で手品を披露してくれた男の子のおもかげを追うだけで、今は精一杯だった。

兄弟は、たがいの存在を知らずにいたが、選択した進路はおなじだった。鳥貝は父が土木部門の役人であったため、子どものころから図面を目にして育った。父が反故紙として持ちかえる青焼きの裏面（白い）が、らくがき帖だったのだ。図面の読みかたも、いつのまにかおぼえた。新聞広告の住宅案内をいつも熱心にながめていた。

その図面と完成予想図をもとに、住宅の模型をつくる遊びをおぼえたのは小学生のときだった。市販の模型を組み立てるのも好きだったが、身近な材料をつかって、自分でつくるほうが好きだった。庭木のあちこちに、樹上の家もつくった。

そういう子ども時代のはてに、彼は建築科への進学を目指すようになったのだ。ただ、あの白い鳥を飛ばす男や、幼い日の兄が見せてくれたような手品は、ひとつもできない。そういう器用さは、鳥貝にはなかった。子どもむけの道具を買って試してみることもない。彼はひとが披露してくれる手品を見るほうが何倍も好きだった。

到着した荷物を部屋にはこびいれたのち、鳥貝は閉ざされたひきだしをひらくことなく、台所のある一階へおりていった。安羅と白熊がそこにいた。

「アルバイトは休みなんですか？」

「歓迎会だよ。ウェルカムパーティ」白熊がこたえた。

「……歓迎会？」

「鳥貝のさ。誕生会は百合子とすませたらしいから、こちらは歓迎会だ。ぼくらとしては、きみをちゃんと仲間としてむかえたい。それと、自己紹介もね」

「だって、みなさんの自己紹介はもうすんでいますよ」

「それはそうなんだが、例の白いひつじの件で、鳥貝は、はなはだしい誤解をしていると思うからさ、ぼくらとしてはその釈明をしたいんだ」白熊がにっこりして云う。

「釈明？」

「そう。最初から、ひつじは白だけなんだ。夏目が好きだったのは白いひつじだからね。そこにあるだけで心が安らぐと云っていた。黒だのシルバーだのは、ぜんぶでたらめ。それと、ここにいる安羅だけど（これは釈明というより告発だ）、ほんとうはTK大史上最悪の女たらしなんだよ」

白熊は、テーブルに糊のきいた敷物をひろげながら云う。安羅はそこへ座席カードをならべてゆく。最悪を最強と訂正したものの、女たらしなのは認めた。

「でも、鳥貝を抱きしめるのは、それなりにたのしかった。こういうのもいいかと思った」

「本気で？」きき返したのは、白熊である。

「それより白熊だろ」時屋があらわれて口をはさんだ。

「ああ、白熊だな。すっかりいい人を演じてたけど、鳥貝をいちばんだましてたのは、実は白熊かもしれない」安羅も同意する。

「べつにだましたわけじゃない。ないしょにしてただけだ」

あわただしくなされた説明によれば、この屋敷は白熊の曾祖父の持ちものであった。戦前に貿易で資産をたくわえた彼は、迷わず洋館を建てることにした。曾祖父と長男夫婦のための屋敷だ。社交的で友人が多かった彼らは、客人たちに泊まりがけで遊びにきてもらうのを前提にこの家を建てたのだ。そのために、それぞれにバストイレつきの客間が五つもある。

屋敷が完成していくらもたたないうちに、戦況が悪化した。この家が東京にあって焼け残ったのは、そのほかの西洋建築が残されたのと同じ理由によるもので、戦後しばらくは占領軍の将校の住まいとして接収されていた。

この一家の戦時中の疎開さきは、出身地である関西だった。そこで生まれた白熊の父は、根っからの関西人である。終戦後、一家は関西にとどまって事業を再開し、それを成功させた。やがて東京の家は返還されることになったが、一家はすでに関西を拠点としていたため、この屋敷は家族ともども来日する外国人ビジネスマンに貸しだされた。

一方、入学をのぞんだ学校が関東地区にあった白熊は、中学生のときから東京の学生寮で暮らしていた。だから、屋敷がちょうど空き家になったとき、管理をかねて住んでみないかと祖父母に打診されたのを、よろこんで承知した。そのとき白熊は高校生だった。

好きにつかってよいと云われた彼は、気心の知れた仲間をさそって寮のような暮らしをはじめた。といっても寮生募集は冗談で、あくまで白熊の個人宅なのだ。

白熊と百合子は同じ学校の出身で、先輩と後輩にあたる。安羅と時屋の母は、独身時代に百合子の祖父のもとで看護師として働き、職員寮にはいっていた。多飛本は夏目と小学校時代からの友人である。そんなわけで、夏目をふくめたこの寮の面々は、子どものころからの遊び友だちだった。年齢の差はあっても、たがいを呼び捨てにする仲なのだ。

「実はぼくら、全員が家賃一万円なんだ。烏貝ばかりが、優遇されているわけじゃない。持つべきものは、太っ腹の祖父母を持つ、豪邸つきの友ってわけさ。だから、感謝をこめて、部屋のそうじや庭木の手入れをし、近所の住人とも摩擦のない暮らしを心がけている」

安羅がたねあかしをした。

「……おれは、みなさんにだまされていたんですか？」

「そうじゃない。なりゆきだよ」

多飛本の声だった。外から帰ってきたようすで、書類の束のようなものを抱えている。彼はそれを時屋にわたした（おそらく図師教授の講義コピーだ）。こんなに？とさけぶ時屋の声には耳をかさず、鳥貝をとなりの居間のソファにみちびいた。

「ぼくら全員、夏目をなんとか救いたいと思っていた。でも、だれもＨＬＡの型があわなかった（当然ではあるが）。大学でも片っ端から声をかけて血液検査をしてもらったものの、ドナーはみつからなかった。夏目は亡くなるまえ、弟をたのむ、と云い遺した。自分の死後に兄の存在を知った弟が、動揺しないよう見守ってくれ、と。あわせて、いずれは弟をこの寮に迎え、仲間にしてやってくれとたのまれた。ふつうの意味でだよ。百合子はべつとして。彼をコントロールできるのは夏目だけだったから、今は野放しだ」

白いひつじは、夏目が好んでつからモチーフだった。

「夏目は、手もとにいつも白いひつじをおいて（樹脂でつくったものや、土を焼いたものや、彫ったものなどいろいろだ）、これがあると、落ちつく、と云っていた。気持ちが安らぐんだ、と。どうしてなのか、彼にも理由はわからなかったらしい。でも、弟がいると知らされ、その弟の子どものころの写真を目にしたとき、はっきりと思いだしたと云っていた。心を和ませる、あたたかいものの在り処を」

　鳥貝にとっても、白いひつじはいつも、安らぎやあたたかさとつながっていた。アプリコットタルトをはじめて味わい、ふさ飾りのついたカバーをかけたソファのある部屋が、現実に存在したと知ったのは、ついきのうのことだった。そこで彼に、白いハンカチが小さなまるいひつじになり、それから花になる手品を披露してくれたのが、兄だったのだ。

「……鳥貝を惑わせるつもりはなかった。話のはずみだったんだ。おもに鳥貝が勝手に解釈したからだけども、悪ノリしすぎたことは謝る。ただ、鳥貝を歓迎したいという気持ちは、ほんとうだ」

「信じますよ」

「ありがとう。夏目は口数は多くないが、たよりがいのある人物だった。子どものときからそれほど頑丈ではなかったが、とくに弱くもなかった。健康だったんだよ。いっしょに過ごす時間を、こんなにはやく断ち切られるとは、ぼくらのだれも予想もしていなかった。しばらくのあいだ、気持ちの整理がつかなかった。夏目が暮らした部屋にだれもいない一年が、ぼくらには耐えがたかったんだ。百合子を励ますのにも骨がおれた(なにしろ、ふつうの挫《くじ》けかたをしないから)。面接と称して鳥貝に逢ったとき、夏目がぼくらのために憩《いこ》いを遺してくれたのだと悟ったよ」

「憩い?」

「生きてゆくのに絶対必要な、安らぎや、和みといったものだ。夏目は、弟に重荷を負わせない決断を、あえてしたんだと思う。そうやって、鳥貝という憩いを、ぼくらに遺してくれた。ぼくらが、四歳か五歳か、それくらいのころまでは持っていて、今は跡形もないものが、鳥貝のなかにはある。……子どもっぽいとか、純粋だとか、そういう意味じゃない。鳥貝だって人の子だから、悪意を持ち、だれかを憎むこともあるだろう。ただ、それをいつまでも意識のなかにとどめない。どこかへ押しやる力がある。その力は、ささやかで小さなよろこびをだれかと分かちあえた日々の記憶を、人より多く持ちつづけていることで生まれてくるんだ。うまく云えなくて悪いが、そういう……」

話の途中で、鳥貝の頰を涙がつたった。多飛本はコーヒーをはこんできた安羅をふりかえった。

「たのむよ」

「そこは、多飛本が胸をかしてやる場面だろ」

鳥貝は、むろんそれを丁重に辞退した。

「みなさんのお気持ちは、よくわかりました。感謝します。……もうひとつだけ、教えてください」

鳥貝は、夏目が去年の一月に亡くなったときいてすぐに気づいたのだが、それは去年受験生だった百合子がセンター試験を受ける時期とかさなっている。夏目の死によって、百合子が試験で思うような成績をのこせず、医学部への進学に影響したとも考えられる。

だが、多飛本はそれを否定した。

「百合子は、そういう常識では量れない男なんだよ。志望は、最初から工学部だ。夏目を兄のように慕い甘えきっていた百合子にとって、ぼくら以上に夏目の死が耐えがたいことだったのはまちがいない。ただ、さいわいにセンター試験のときにはまだ夏目の容体はよかったし、二次試験のときには、夏目の急死にショックを受けて神経の一部が麻痺していたからこそ、百合子は問題を素直に解釈し、正答をみちびいたのかもしれない。彼はその年の工学部の受験生のなかで最高点をたたきだしているんだが、平常心で試験を受けておなじ結果だったかどうかはわからない。……それに、恋に狂っているときの百合子は、よくも悪くも、ただの大ばかだ」

多飛本の視線は、鳥貝が絆創膏でかくしている指にさりげなくそそがれた。

「やつは、街なかですれちがったていどの目視でも、その人物の身長や体重を割りだすのが得意で、胴回りや指のサイズはもちろん、歩きかたで持ちもののサイズもわかると云い」

「多飛本」

安羅が口をはさんだ。

「やめておけ。鳥貝は未成年なんだよ」

「百合子だって、未成年だろう？」

「あれは、欲しいとなったら見さかいのない、ロマンティストの野蛮人だ。おとなでも子どもでもない。ただし、そこが魅力なんだけどね」安羅が云い、多飛本も、まあな、と応じた。

「……というわけで、百合子が医者にならないのは世の中のために、よろこぶべきことであり、彼の両親は後継者の心配をしていない。優秀な妹がいる」

例によって、多飛本は話をそらしたが、その新しい話題は、鳥貝をおおいにおどろかせた。百合子に妹がいるとは初耳だった。きのう彼の家を訪ねたさいには、妹の姿など、どこにもなかった。

「アメリカにいる白熊の姉さんの家へ、春休みを利用してショートステイ中。千早《ちはや》ちゃんという、十三歳の波乗りだよ。大胆にも、プロ試験を受けに行っているんだから、腕前はそうとうのものだ。ただ、受かるのはまだ無理かな。こわいもの知らずは兄ゆずりで、おそらく、兄以上に賢い。あと数年すれば、ほんとうの意味で百合子をたたきのめす存在になるだろう。今はまだ、頭がよくてきれいなお兄さんに、ぞっこんだけどね」

解説を終えた安羅は、多飛本とつれだって食堂へ去った。歓迎会の準備がととのうまで待機するよう云われた鳥貝は、居間にぼんやりとどまっていた。ケーキの焼きあがる香ばしい匂いが、あたりに満ちている。

そこへ、百合子があらわれ、クリーニング店の袋につつまれたコートを差しだした。

「おそくなって、悪かった。もっと早く返すつもりだったのに、いつのまにかおふくろが着てて」

うかつにも、鳥貝はなんの警戒もせずにコートを受けとろうとして、そのまま百合子に抱きしめられた。心ごと、そっくり抱きよせられるようだった。ほかの言語はないと云いたげに、百合子はなにも語らない。鳥貝も黙って抱きよせられていた。

はじめて寮をおとずれた小径で、百合子が歩きながらコートを着こむ姿を、鳥貝はしばらくながめていた。見とれていたのだと思う。

あのとき、一方的なキスにたいして、どうして殴り返しもせずに呆然と見送るばかりだったのか、彼はまだそのこたえをみつけられない。百合子を好きだということも、はっきりとは云えない。この麗しい野蛮人の求めているものが、鳥貝をとまどわせるからだ。ただ、指輪をかくす絆創膏はもうなくてもよい。そう思った。

解説

加藤千恵

夢か現実かわからない、幼い頃の記憶というものがある。『いい部屋あります。』は、まさにそんなプロローグから始まる。海を見たことのない少年の、見知らぬ大人の男性との冒険。

その後につながるのは、うって変わって、一人の十七歳男子が、大学進学をきっかけに上京した春の話だ。部屋探しをしている彼が、これから通うこととなる大学の学食で、見知らぬ男子学生に話しかけられ、そこからさらに不思議な流れに巻き込まれていく。

どこか夢めいていたプロローグとは違い、しっかりと現実味を帯びているものの、それでも非日常な空気が漂っているのは、登場人物たちの名前も一つの理由かもしれない。主人公の鳥貝《とりがい》をはじめ、安羅《やすら》、多飛本《たびもと》、百合子《ゆりこ》（特に珍しいこの苗字は、【タヌキではなくキツネのアクセント】で発するらしい）、白熊《はぐま》、時屋《ときや》など、長野作品ならではという感じの珍名続きで、思わずニヤリとしてしまう。それぞれの描写によって、人物がぐっと浮かび上がってくるようだ。

誰もかれも一癖ありそうで、彼らの発言の真偽が定まらぬまま、ドキドキしつつも読み進めるうちに、ストーリーはさらに違う方向へと進んでいく。上京物語、部屋探し、にはけしてとどまらない。一旦実家へと戻った主人公は、そこで意外な人物と再会し、プロローグの出来事へとつながるような回想をし、さらに自分の出生の謎を探っていくこととなる。

先に解説を読まれる方のため、ストーリーは小説本体でたっぷりと堪能してもらいたいこともあって、ざっくりとした本筋の紹介になってしまったが、目をひくのは当然、人名ばかりではない。

【外装は、ややクリーム色がかったモルタルで、窓枠は褐色、スレートぶきの屋根はスモークグリーンだ。二階建てだが、屋根窓がついているので、三階建てのように見える。一部三階建てなのかもしれない。】

【仕切り壁をかねたキャビネットの上半分の背板はガラス製で素通しになるが、室内の照明がひかえめなうえに、なかにおさまった酒瓶やリキュールグラスなどの、こまやかな細工のひとつひとつが乱反射してかがやきを放つので、キャビネット全体がまばゆい光をまとっているようだった。】

引用したのはいずれも、主人公が案内される男子寮についての描写だが、まったく知らないその場所が、一気に目の前にたちのぼる。丁寧でありながらも、過剰ではない、品のある的確な描写。さすが、と舌を巻かずにいられない。

そして情景もさることながら、わたしの目や空腹に訴えかけてやまなかったのが、料理についての描写だ。プロローグのアプリコットタルトをはじめ、この物語には、随所で印象的な料理が登場する。それらがどれも、本当においしそうなのだ！

中でも一番食べたくなったのが、オムレッだ。【炒めた野菜を敷きつめた皿に、豆乳をくわえた卵液をながしこんでオーブントースターで焼く】という簡単なレシピながらも、ふわふわの半熟のたまごの食感が頭の中で想像されて、このときばかりは、読書する手を止めたくなってしまうほどだった。

料理たちは単なる小道具ではなく、主人公の背景やつながりを思わせるための、大切な役割を担っている。登場する男子学生たちの、身につけている衣服についての描写もいくつもあって、人間の根本である「衣食住」が、ここにしっかりと存在している。

単行本時のタイトルでもあった「白いひつじ」にまつわる、ミステリーめいた記憶や出来事が少しずつ解きほぐされていく、核となる部分はもちろんだが、ささやかに見える日常的な一シーンも、間違いなくこの小説のおもしろさを支えているものだ。何気ないやり取りの中に、ハッとするような印象的な一言が紛れているようなこともあって、細部までじっくりと浸りたくなる。

ここからは個人的な話になってしまうのだが、わたしには主人公のようにはじめて海を見たときの記憶はないが、はじめて長野まゆみさんの作品を読んだときのことはうっすらと記憶している。中学生だった。タイトルや装丁が気になって、学校の図書室だったか、あるいは市立図書館で手に取ってみたのだ。読んですぐに夢中になった。現実と夢のあわいを漂うような心地よい文章。まったく難解ではなく、むしろ知っている言葉だけで構成されていながらも、知らない世界が広がっていて、夢中になって読んだ。図書館で何度も借りることを繰り返し、うち何冊かは、どうしても手元に置いておきたく、実際に購入して本棚の片隅に並べていた。

『いい部屋あります。』で、久しぶりに長野さんの作品に触れ、ああ、そうだった、と思い出した。次にどんな展開が起きるのか、登場人物たちがどうなっていくのか、知りたくてたまらなくなって、ひたすらに次の行、次のページへと読み進めていく感覚。あっというまに読み終えてしまったあと、読書の愉しさとは、まさにこういうものなのだ、と気づかされた。

ただ目の前に広がっている物語に足を踏み入れて、その中を一人で歩きつづける。時に笑ったり、時に涙ぐんだりしながら。シンプルな喜びが、まぎれもなくそこにある。歳を重ねて、読書が単なる日常となる中で、ひたすらにページを繰る感覚を、いつのまにかどこかに置き去りにしていたのかもしれない。

最後に主人公たちがたどり着いた爽《さわ》やかで美しいラストは、わたしたち読者にとっても、忘れがたいものになるだろう。時々、珍名ばかりの寮の住人たちの今後を想像しながら、豆乳入りのオムレツを食べることにしよう。

本作品は二〇〇九年十一月に筑摩書房より刊行された単行本『白いひつじ』を
改題のうえ、加筆修正して文庫化したものです。

いい部屋《へや》あります。

長野《ながの》まゆみ

平成29年 10月25日　初版発行
令和6年 12月10日　6版発行

発行者●山下直久

発行●株式会社KADOKAWA
〒102-8177　東京都千代田区富士見2-13-3
電話　0570-002-301(ナビダイヤル)

角川文庫 20584

印刷所●株式会社KADOKAWA
製本所●株式会社KADOKAWA

表紙画●和田三造

ISBN978-4-04-106163-3　C0193